集英社オレンジ文庫

宝石商リチャード氏の謎鑑定

ガラスの仮面舞踏会（マスカレード）

辻村七子

本書は書き下ろしです。

CONTENTS

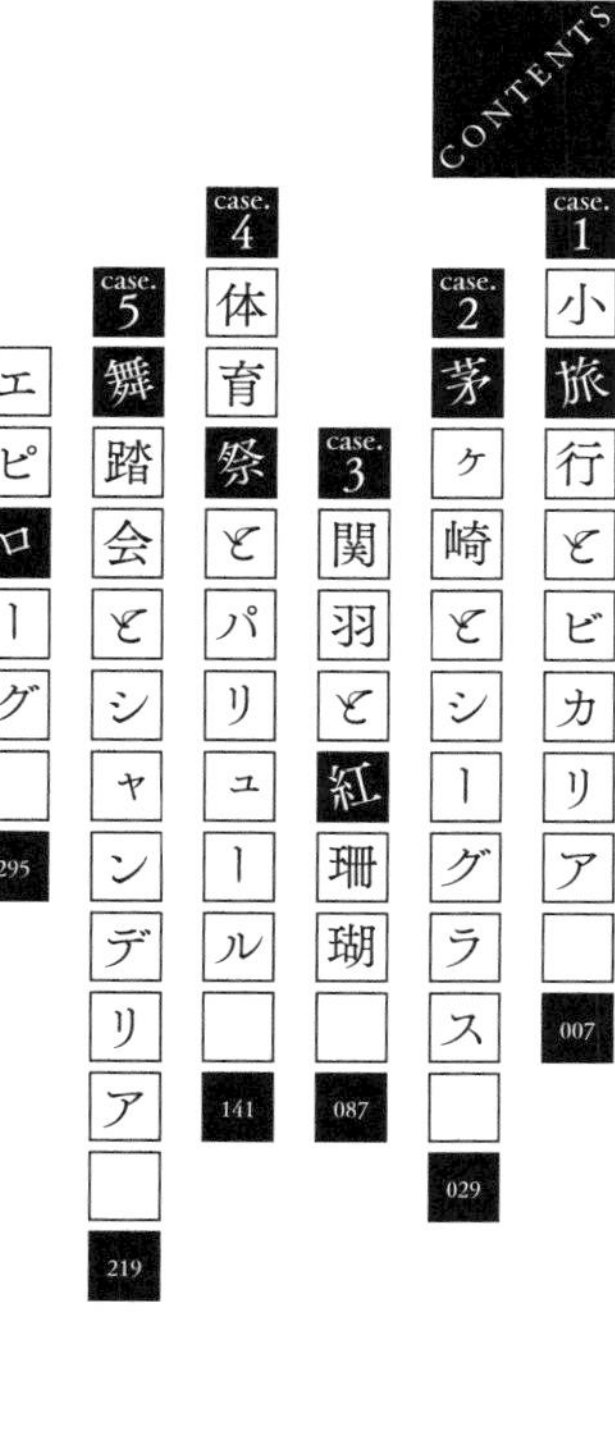

中田正義

東京都出身。大学卒業後、アルバイトをしていた縁でリチャードの秘書に。諸事情により霧江みのると同居中。

リチャード・ラナシンハ・ドヴルピアン

日本人以上に流麗な日本語を操る英国人の敏腕宝石商。誰もが啞然とするレベルの性別を超えた絶世の美人。甘いものに目がない。

イラスト／雪広うたこ

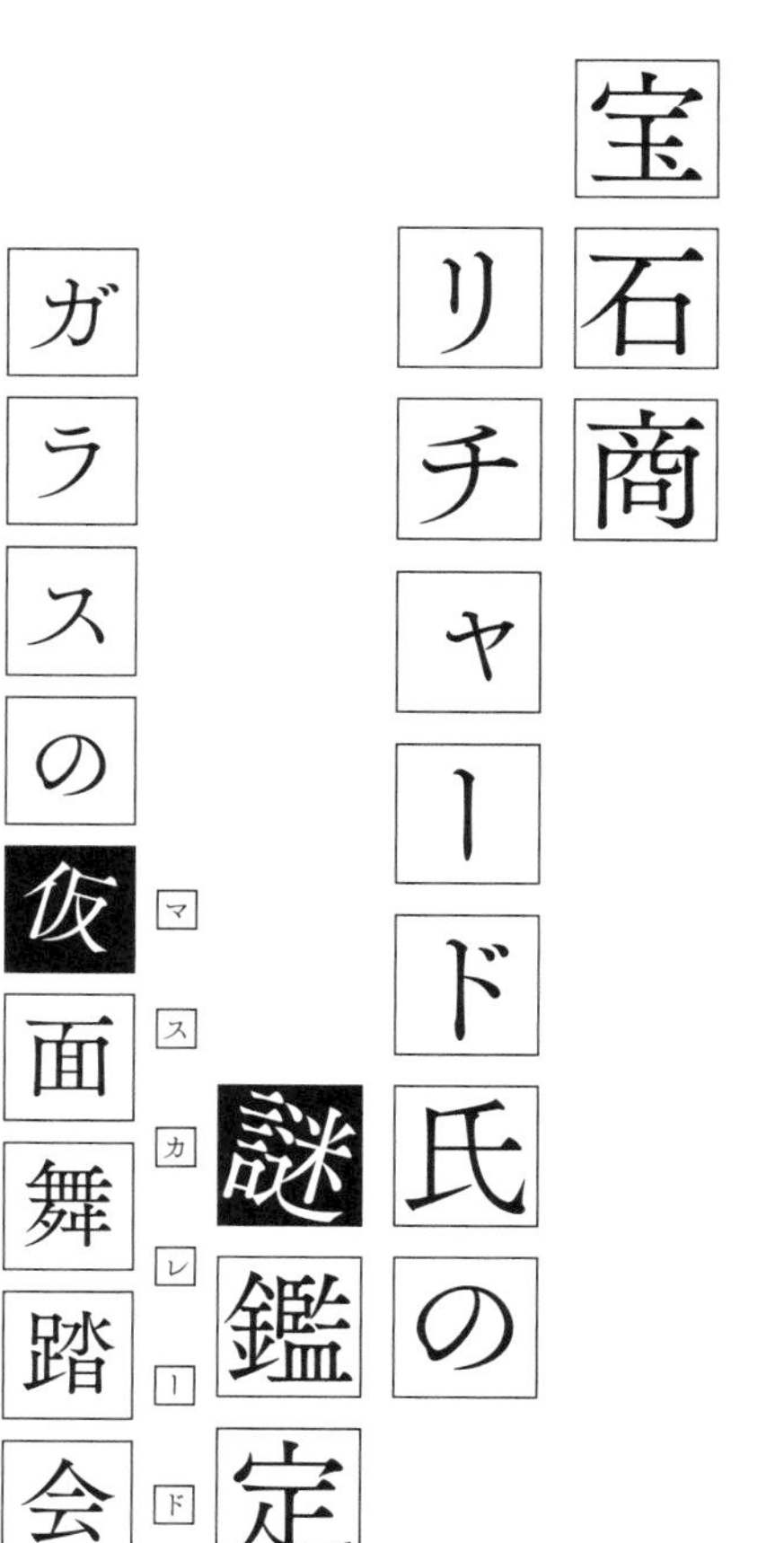

宝石商リチャード氏の謎鑑定

ガラスの仮面舞踏会（マスカレード）

「ぜーんぜん。それを言うなら正義くんのほうが大変だったでしょ。片道、えーと、七時間？　みんな、お疲れさまでした。こちらのメンバーを紹介するね。こちら岡山東中学の理科部のメンバーです。こんにちはー」

体育会系の部活のように、制服の三人はみのるたちに挨拶しながら頭を下げた。みのると良太と真鈴も同じように挨拶を返す。この子たちはみんな岡山に住んでいるんだなと思うと、みのるは自分がはるばる遠くまで来てしまったことを実感した。地球から月まで来てしまったような気がした。一人ずつ名前を言って頭を下げたメンバーに、みのるもぺこぺこと頭を下げる。何だかスーツで仕事をしている大人になったような気がした。

黒髪を短いポニーテールにしたジーンズ姿の女性が、最後ににっこり笑った。

「私は理科部の担当教員で、二年三組担任でもある谷本晶子です。中田正義くんとは、笠場大学時代の友達でした。今回は理科部の課外活動に、素敵なゲストをお招きするという形で、私たちの郷土の自慢、ビカリアミュージアムを案内させていただきたいと思います。よろしくお願いします」

可愛い、と真鈴が呟いたのがみのるには聞こえた。低く、どちらかというと剣呑な声色で。確かに谷本晶子と名乗った先生はとても可愛らしい人に思えたが、今のは本当に人を褒める声だったのか、みのるは不安になった。

　真鈴は輝くような笑みを浮かべていた。

「こんにちは。横浜市立開帆中学校一年、志岐真鈴です。ジュニアモデルをしています。本日はお時間を割いていただき、ありがとうございます。よろしくお願いします……ほら、そっちも自己紹介」

「赤木良太でっす！　趣味は食べ歩き！　よろしくー！」

　謎のピースサインをした赤木の隣で、みのるは恥じ入るように頭を下げた。

「霧江みのる……です。趣味は……よくわかりません。すみません。よろしくお願いします」

　一番だめな自己紹介をしてしまった、とみのるは思ったが、落ち込む暇はなかった。三人の岡山東中学校生は、よろしくおねがいしまーすと野球部の生徒くらい大きな声で挨拶をしてくれて、もうそれで全部吹き飛んでしまった。谷本先生は快活に笑った。

「それじゃあ博物館の中に入ってみましょうか。今日は学芸員の入鹿さんにガイドをお願いしています。入鹿さん、よろしくお願いします」

　岡山の中学生と神奈川の中学生は、よろしくおねがいしまーすと声を揃え、ビカリアミュージアムの学芸員氏に頭を下げた。今度はみのるも大きな声が出せた。

　ビカリアミュージアムは、周辺にほぼ何もない、平らな大地に立っていた。そしてその割には博物館そのもののサイズはちんまりしていた。

岡山県はかつて熱帯の海だった、という解説から博物館のキャプションは始まった。今は熱帯じゃないところが昔熱帯だった理由とは、その時の海の様子とは等、逐一理科部のメンバーと入鹿氏に案内されながら博物館を一周する頃には、みのるはビカリアという言葉をきちんと覚えていた。ビカリアとは貝の名前である。地学的にいうと新生代第三紀と分類される時代に、熱帯あるいは亜熱帯気候の、あたたかい海の中に住んでいた。今は既に絶滅している。いろいろな地域で化石として出てくるが、ビカリアが出てくると、その場所がかつてあたたかい海であったことがわかるため『示準化石』と呼ばれている。指標として活用される化石という意味である。示準化石という言葉は一学期に理科の授業で習ったばかりだったので、みのると良太は少し嬉しくなって顔を見合わせた。

一通りの展示を見終わったあと、三人は何故か博物館の外に出た。

畑のようなだだっ広い空間の中に、ショベルカーで掘り返されたとおぼしき、七メートルかける七メートルほどの盛り土ゾーンが広がっている。手前側に看板が立っていた。

『化石掘り体験！　一時間で化石が取り放題。見つけた化石は持ち帰れます』

つまるところ、みのるの目の前にある盛り土の中には、化石が埋まっているようだった。

谷本先生はにっこり笑い、それじゃあ、と声を張り上げた。

「これから化石掘りをしましょう。ハンマーの貸し出しはそこのテーブルです。自分のハンマーがある人はそっちを使ってね」

谷本先生がそう言うと、岡山東中学の三人は、当たり前のように自分たちの鞄から布に巻かれたものを取り出した。包帯を取るようにめくってゆくとハンマーである。マイハンマーを持っている中学生を見たことがなかったので、みのるは驚いた。

そして。

「あっこれビカリア！　ビカリアじゃないか？　俺が一番のり！　ねっ、谷本先生！」

「うーん、それはビカリアじゃないなあ。サクラガイだと思うよ。でもちゃんと化石！　すごいねえ」

「谷本先生、こっちは何ですか？　カタツムリみたいなのが出たんですけど」

「わあ！　それはアンモナイトだと思うよ。志岐さんは運がいいね」

「へー……良太、アンモナイトって有名？」

「示準化石といえばってやつだろ！　もしかして真鈴が休んでた日に理科の授業でやったんじゃね？」

「休んでた日の内容なんかわかるわけないでしょ！　補講にはちゃんと出てるし！」

いつものように良太と真鈴がコミュニケーションと喧嘩の中間のような言い合いをして

いる間、みのるは柔らかな地面を掘り返していた。単純作業が好きなので、土をいじっているだけで楽しかった。岡山までやってくるのは大変だったけれど、ここでこうしていられるのは嬉しいな、と思っていると。

「……あっ」

指先に何か硬いものが触れた。

ペットボトルのキャップでも埋まっていたのかな、と思いながらとりだすと、土の塊だった。微かに灰白色の断片が見える。土を落としてゆくと、親指ほどのサイズの先端の尖った貝が出てきた。化石である。

「あっ。それはビカリアだね。おめでとう」

肩越しに声をかけられて、みのるは少しびくりとした。谷本先生である。おずおずとビカリアを差し出すと、谷本先生は首を横に振った。

「さっきの看板にもあったけど、ここで掘り出したものは全部持って帰っていいんだよ。だからそれは霧江くんのビカリア」

「……本当にいいんですか?」

「そうだよ。珍しい博物館だよね、こういうところって、全国的にもそんなにないと思う」

みのるは同じことを中田正義が言っていたのを思い出した。ちょっと遠いけれど行ったらきっと楽しいと思うんだ、俺の友達もそう言ってるし、と。中田正義は『友達が言っている』という理由で世界の全てを信じるような人ではない。それほど長い付き合いではないとはいえ、みのるにもそれくらいのことはわかった。それでも彼がそういう理由を挙げるのだとすれば、それはとても親しく、信頼のできる、大切な友達である証明のような気がした。

この人はきっとそういう人なのだろうと思いながら、みのるは谷本先生を見上げた。

ふんわりとした雰囲気と、岩石色のコーディネートの若い先生は、みのるに親しみ深く微笑（ほほえ）みかけてくれた。

「大事にしてあげてね。世界にたった一つしかない、あなたが掘り出した、あなただけの化石だよ」

「……はい！」

制限時間の一時間いっぱいまで、六人は夢中になって地面を掘った。最終的には全員ひとつずつビカリアが見つかり、真鈴はレアだというアンモナイトも発見していて、宝探しならぬ化石掘りは大成功だった。

泥だらけになりつつも、良太と真鈴と共に、みのるは心地よい充実感を堪能（たんのう）した。

正義はいつものように、少し離れた場所からずっと、みのるたちを見守ってくれていた。

れの車に乗り、別れた。

「ありがとうございましたー!」

最後は岡山東中学校の三人と一緒に、みのるたちは学芸員の入鹿氏に頭を下げ、それぞれの車に乗り、別れた。

片道半日の道のりを一日で往復することは無茶なので、みのるたちは岡山駅の近くのホテルに一泊した。駅前にはお供の動物を連れた桃太郎(ももたろう)の像があり、ビカリアミュージアムの付近とは比べ物にならないほど建物が多かった。みのると良太がツインベッドの同室で、真鈴がひとり部屋、中田正義もひとり部屋である。ようやく横になれる、とみのるは溜め息をついた。

だが夕食後早々、男子の部屋にポテトチップスの袋を持った真鈴が乗り込んできた。

「ねえちょっと! みのるに聞きたいことがあるんだけど」

「ぼ、僕?」

ええそうよと頷(うなず)き、真鈴はスリッパを脱ぎ捨て、ベッドの上にあぐらをかいた。そしてみのるにポテトチップスの袋を放り投げるのと同時に、問いかけた。

「中田さんと谷本先生って昔付き合ってたと思う? 中田さんは家でそういう話をした?」

良太が噴き出した。笑うんじゃないという真鈴の声は真剣で、ショートパンツから剝き出しの膝をてしてしと叩いた。質問とポテトチップスの袋の意味がうまく重ならず、みのるが目を白黒させていると、真鈴は嘆息して袋を指さした。

「それ食べて。DCってポテトチップスが好きでしょ」

「DCって何?」

「だんし・ちゅうがくせい」

私は食べないけど、と言いながら、真鈴はけだるく髪をかき上げた。大喜びの良太はみのるの手から袋をとり、さっそく開けてボリボリと食べた。君の友達は食べたよ、ほら代金を支払いなさい、と言わんばかりの真鈴の瞳に、みのるはたじたじとなった。

「えっと……そういうのはよくわからないけど」

「『わからない』は回答になってない。家でそういう話をしてたかどうかが聞きたいの。谷本さんに会えるなあ、わーい、みたいな雰囲気だった? それともそうじゃなかった? あー逆に、彼女と会うのか……気まずいな……みたいな空気があった? どれだったかでもいいから教えて」

「もちろん、会えるのは嬉しそうだったけど」

真鈴の顔は一気に青ざめた。何か誤解が生まれていそうなので、みのるは慌てて言葉を続けた。

「会えてすごく嬉しいとか、逆に気まずいとか、そういうのは全部なさそうだった。その、良太と久しぶりに会えたら、僕もあんな感じだと思う」

「……良太とねえ」

「うめえ！　ホルモンうどんポテトだって。真鈴これどこで買ったの？」

「津山駅。どうでもいいでしょそんなこと。頼りにならないな」

横浜ではあまり見かけないポテチを、良太は楽しそうにぱくついていた。ちょっと助けてほしい、という視線をみのるは向けたが気づかない。あるいは面倒だと思われて無視されているのかもしれなかった。みのるはありったけの記憶を動員し、なんとか答えた。

「正義さんは……ええと、谷本さんとは、いい友達だったって話してた」

「待って待って。それはいつ、誰に向かって話してたの？　正確に教えて」

「僕に教えてくれた。『谷本先生と正義さんはどこで知り合ったんですか？』って質問した時……」

彼女とは大学一年生の時に出会った友達で。

大切な時に、背中を押してくれた相手なのだと。

中田正義はそう告げた。それ以上の話にはならなかったので、大切な時とはいつか、背中を押してくれたとはどういう意味かというところまでは、みのるにはわからなかった。ただそこに、ビカリアが暮らしたというあたたかな海のような感情が漂っていたことだけはよくわかった。

ありのままを伝えると、真鈴は黙り込み、難事件に遭遇した探偵のような顔で俯いた。

「『大切な時に背中を押してくれた』……また含みのある答えだね。もしかしたら谷本先生の友達と中田さんが交際していて、その時に谷本先生が背中を押した可能性もある。うーん」

「もしそうだったら、中田さんと谷本先生は付き合ってなかったってことにならない？　真鈴が確かめたいのはそういうことじゃないの」

「それはそれで問題があるの」

どういう問題がどこにあるのか、みのるにはさっぱりわからなかった。

それからも真鈴はみのるに幾つか質問をしたが、どれもあやふやな話ばかりだったので、みのるはだんだん眠くなってきた。みのるがあくびをすると真鈴もつられ、良太にまで伝染したので、結局夜の十一時にはスーパー親友会議は解散し、真鈴が部屋に戻ったのを機に、みのると良太も部屋の電気を消した。

「…………」

暗い部屋のベッドの中で、みのるはぼんやりと物思いにふけった。疲れすぎてすぐに眠れなかった。横浜の家の天井が頭の中で二重写しになる。中田正義の家。お母さんと住んでいた家。

「……正義さん、今頃何してるのかなあ」

「飲み会とかじゃね？　入鹿さんが『飲みに行きましょう』みたいな話してたし」

独り言への応答で、みのるは良太もまだ起きていることを知った。少しだけ勇気を出し、みのるは問いかけてみることにした。

「ねえ良太、真鈴って、何であんなに正義さんにこだわるんだろう？」

「ああ？　そんなの好きだからに決まってんじゃん」

「……何で？　大人だよ？」

「女子は年上に憧(あこが)れがちじゃん。でも真鈴もわかってねーなー。今は若いイケメンに見えてもさ、同じスピードで歳を取っていくんだぞ。やっぱ付き合うなら同い年か、もっと若い相手がいいって。たとえば俺とか？　わははは」

「……良太と正義さんを比べたら、僕も正義さんにする」

「てめっ、このっ、俺たちスーパー親友だろ？」

「それとこれとは関係ないって、うわ！　入ってくるなよ！」

無益な取っ組み合いをした末に、みのると良太は同じベッドで眠り込んだ。広いベッドだったので、朝目が覚めても体のどこも痛くなかった。最初からこういう風に寝ろと言われても全然問題なかったのになと思ったあと、みのるは中田正義とリチャードが、また自分たちに寛大な気遣いをしてくれたことに気づいた。そもそもこの『遠足』も、学校の授業ではない。正義とリチャードが考えて、谷本先生がそれを受けてくれた結果の、『スペシャル遠足』である。お金がかかるに決まっていた。

良太と真鈴の親も、もしかしたらお金は出していて、ワリカンみたいな感じにしているのかもしれなかったが、詳しいことはみのるにはわからない。

いつもの如く「どうしてこんなに」と考えながら、みのるはのんびりと身支度を整え、集合場所になっていたホテルの一階ラウンジに下りていった。朝食会場はこちらという案内に沿って進んでゆくと、広がっていたのはビュッフェだった。食べ放題である。テンションが上がって駆け出しそうになった良太を、先に来ていた真鈴がテーブルから「迷惑でしょ」と窘める。

真鈴の隣のテーブルに陣取っていた正義が、手を挙げてみのるに挨拶した。一つだけ置かれたティーカップが優雅だった。

ホテルの朝の食べ放題取り放題は、みのるにとっては夢よりも夢のようだった。菓子パン、食パン、バターロール、ホットケーキ、ハム、ベーコン、サラミ、ソーセージ。それだけではなく焼きそばやお好み焼きなど、朝ではなく昼に食べたいようなさまざまな料理まで何種類も存在する。もちろんサラダや宝石のようなフルーツやヨーグルト、ケーキも完備。いずれも同じ形の銀色の器(うつわ)の中にぎっしりと並び、トングでみのるに取られるのを待っていた。良太は叫んだ。

「最高すぎ！　最高すぎだろ！　俺、朝から焼きそば食べるのが夢だったんだ！」

「自分で作ればすぐ実現する夢じゃない。何でやらなかったの？」

「焼きそばとか自分で作れねえし。それより真鈴、なんでフルーツばっかかなの？」

「ホットケーキも食べてるでしょ。でも基本はフルーツと野菜。モデルの常識」

「正義さん、あんまり食べないんですか」

「実はもうかなり食べたよ。自分で焼きそばパン作っちゃった」

「あっそれ俺もやる！　俺もやります！」

一時間ほどビュッフェで過ごしたあと、三人はチェックアウトを済ませ、ホテルの駐車場に出た。

谷本先生が立っていた。

正義は少し慌て、谷本先生に駆け寄っていった。

「谷本さん、見送りはいいって言ったのに」

「最後にもう一度みんなの顔が見たかったから。それにどうせ暇だし」

「……昨日あれだけ飲んでもぴんぴんしてるの、さすがだね……」

「あはは。相変わらず私、あんまり酔えない人みたい」

やっぱり昨日の夜は飲み会だったんだなあと、ぼんやり思っているみのるの横で、真鈴がぎゅっと拳を握りしめたのがわかった。

その後三人は一人ずつ谷本先生に昨日の引率のお礼を言った。まず良太がお礼を言って車に乗り、次に真鈴が乗る。正義も笑いながらお礼を告げて運転席に乗り込み、最後にみのるが挨拶をしていると、車の中で誰かが叫んだ。

「あ！　私まだ聞きたいことがありました！」

真鈴だった。長い黒髪の少女が、みのると谷本先生の間に突然飛び出した。

えっ、えっ、と思っている間に、真鈴はきっと顔を上げ、質問した。

「質問があります。谷本先生は昔、中田さんと付き合ってたんですか？」

みのるはたじろいだ。火の玉ストレートのような質問だった。こんなことを子どもが大人に質問するなんて、ちょっと失礼すぎるんじゃないかと思ってしまうような言葉だったが、真鈴は勇気を振り絞ったようだった。

さばさばした中に、どこかお姫さま的な雰囲気を漂わせる谷本先生は、ずっとにこにこしていた。にこにこ顔のまま告げた。

「ううん、付き合ってなかったよ」

その瞬間、真鈴が極限まで嬉しそうに笑った。爆発的なスマイルだった。目が爛々(らんらん)と輝き、一切の不安から解放されたように唇が微笑みの形になる。

「そうですか！　変なことを質問してしまってすみません。ありがとうございました！」

真鈴はぴしりと頭を下げ、何事もなかったように車に乗り込んだ。取り残されたみのるも慌てて後に続こうとしたが、

「正義くんのこと、よろしくね」

「え？」

谷本先生がみのるを呼び止めた。谷本先生は微笑みつつ、真剣な顔でみのるを見ていた。

「あのね、無理しなくていいよ。もちろん無理しなくていいんだけど、よければ彼と仲良くしてあげて。正義くんは私の大切な友達なの」

ね、と。

よく意味がわからないながらも、みのるは小刻みに何度も頷いた。谷本先生は笑い、みのるに手を振った。

みのるが助手席に乗り込み、シートベルトを締めると、４ＷＤは音もなく動き出した。

「楽しかったなあ。そうだ、みのるくん、良太くん、志岐さん、よければ今回の写真を俺のボスに送ってもいいかな。お世話になっている上司なんだけど、変な人じゃないから、『こんなホリデーを過ごしました』って伝えたくて」

「モチでーす」

「私は構いません！」

「じゃあ、お願いします……」

三人がそれぞれ告げると、ありがとうと正義は笑い、ハンドルを持つ手をぱたぱたさせた。

青い車が見えなくなってしまうまで、谷本先生はずっと四人に手を振っていてくれた。みのるは車の中で、そっとポケットに手を入れた。正義からもらった青いハンカチの中には、みのるだけのビカリアが入っていた。みのるにはまるでそれが、谷本先生との約束の印のように思えた。

横浜に帰ってきて、泥のように眠りに落ちた翌日。みのるは一人で山手本通り(やまてほん)を歩き、放置された異人館のようなお屋敷に向かった。正確に言うと『長らく放置されていたお屋敷』で、今は人の手が入っている。正義とリチャードが管理をしているのだった。みのるもその縁で、用事がある時には入ってもいいことになっている。

珍しく今日は、正義やリチャードに会いたいからという以外の用事があった。

洋館の広間の片隅に存在する、黒い木材ときらきら光る貝の薄片で形作られた箪笥。

引き出しを開くには少しコツが必要になるものの、大切なものを収納しておくには最も適したものである。最近コツを摑んできたやり方で、丁寧に箪笥のパーツを押したり引いたりしているうち、引き出しが開いたので、みのるはその中身を覗き込んだ。

茶色の巾着の中のロケット。

その隣に、箪笥とよく似た素材で作られた名刺入れ。

どちらもみのるの『宝物』だった。

自分の内側に深く根を張り、あたたかく癒してくれる宝物を、そっと手に取り、数度撫で、注意深く元あった場所に戻したあと、みのるはスペースを確認した。引き出しの中にはまだ余裕がある。

みのるはそこに、脱脂綿でくるんだビカリアを収納した。

「…………」

宝物が、増えてゆく。

母の霧江ゆらが入院中で、いつまで会えないのかわからないことは、もちろん寂しい。それはどんなことがあっても、忘れることができない痛みと心配である。

だが同時に、自分の中に大切な経験が増えてゆくことも確かだった。

螺鈿（らでん）の箪笥の引き出しを閉めると、みのるは素早く屋敷を後にし、元来た道を引き返した。今日は三人で夕食を食べる日である。正義は岡山での出来事をリチャードに楽しく語り、みのるにも小旅行の感想を求めそうな気がした。

何をどんな風に言おうかなと考えながら、みのるは坂道を歩き始めた。

case.
2
茅ヶ崎と
シーグラス

ゴールデンウィーク明けのダラダラした空気のまま五月、六月が終わると、開帆中学校の学校行事はテスト週間からテスト返しへと進行した。

九科目のテスト返しの終了後、みのるは目を見開いた。

成績が、よかった。

昭和の時代のように、全員の成績を貼り出すなどということはなかったが、クラス二十六人の中における自分の順位だけは、先生から渡される紙のきれっぱしで知ることができた。そこには霧江みのるという名前と全ての教科のテストの点数、そしてクラス内での成績の総合順位が、そっけなく記されていた。

みのるの紙切れには、十五という数字が書かれていた。

ちょうど真ん中あたりである。勘違いでなければ、春にもらった同じ紙には二十四と書かれていたはずだった。

信じられなかった。成績というものはみのるの敵、あるいはみのるを嫌っている神さまのようなもので、決してみのるを愛してくれないものである。少なくともこれまでの十数年間、みのるはずっとそう思ってきた。

だが今回は、そうでもないようだった。

でも十五番だし、ちょうど中間である十三番や十四番よりも下寄りの真ん中だし、と思いつつ、みのるはそれでも夕方に、正義にそっと紙の切れ端を差し出した。

　正義はしばらく黙っていたあと、わっと声をあげて跳び上がった。文字通りジャンプした。床がドスドス揺れていると気づくと慌ててジャンプをやめたが、最低三回は跳ねていた。

「すごい！　みのるくん、すごく頑張ったね！　テストの点数、中間テストの時より全部上がってるよ。本当に全部」

「えっ、あ、そうですか…？」

「そうだよ！」

　正義はみのるの九教科の点数を覚えていた。みのる本人でもうろ覚えだったのに、国語はこんなに上がってる、英語はジャンプアップだと、みのる以上に詳細な考察をしながら喜んでいた。明らかにリチャードと正義のおかげである。英語の教科書の音読には何度も何度も付き合ってくれたし、ロールプレイはいつも迫真の出来である。みのるは二人と英語を勉強するのが好きだった。

　だが中田正義の喜びに、押しつけがましさや自己満足の様子はなかった。

　ただ、ただ、正義は霧江みのるの成長を喜んでいた。

　もし自分の成績がもっと前から目覚ましく上がっていたら、お母さんもこんな風に喜んでくれたのだろうかと思った時、みのるは胸を隙間風が通り抜けたような気がした。こんなによくしてもらっているのに寂しさを感じるなんていけないことだと思いつつ、どうしてもお母さんのことを考えずにいられなかった。

　みのるがぼんやりしている間に、正義はリチャードに短いメッセージを送ったようで、ティコッ、といういつもの音がした。リチャードに連絡をとる時にだけの特別な音である。正義は笑った。

「さあて、帰ってきたらいいことがあるぞって連絡したら、甘味大王はどんな行動を見せてくれるかな。ケーキでも買ってくるかもしれないよ」

「で、でも、誕生日でもないのに」

「そんなことを言ったら、リチャードは年に五十回は誕生日ってことになる」

　そして正義とみのるは車でデパ地下の食品売り場に向かった。食べたいものを全部選んでいいという部分はいつもと同じだったが、今日はみのるより正義のほうが十倍乗り気で、みのるのセレクトを待たず、あれもこれもと買い物を繰り返した。クリスマスのような鳥の丸焼きとフルーツサラダ、みのるの顔よりも大きなパンとチーズ。これでもかというごちそうの数々をバックシートに詰めて、青いアストンマーティンはご機嫌に街を走った。

　正義の予言通り、リチャードはケーキを買って帰ってきた。ショートケーキとチョコレートケーキとフルーツのムースの三種類。どれも小さなケーキではなくホールである。目を白黒させているうち、正義はさあさあとみのるをリチャードの前に押し出し、例の数字を言わせたがった。みのるは顔から火が出そうなほど恥ずかしかったが、同じくらい胸がじんと熱かった。

「あの、成績が……クラスで、十五番でした」

「全部のテストの点が上がってたんだ！　本当にすごいぞ！」

正義が言い添えるまでもなく、リチャードも青い瞳を輝かせ、みのるの成長を祝ってくれた。ぶどうジュースに鳥の丸焼きのごちそうという晩餐は三時間も続き、最後に三人は三種類のケーキを切り分け、酔っぱらったようなハイテンションを共に堪能した。

宴もたけなわになる頃、そうだ、と正義は思い出したように口を開いた。

「みのるくんさえよければ、今回のテストをすごく頑張った話を福田さんにも報告したいな。すごく喜ぶと思う」

福田さんというのは、正義たちに会う以前から、みのるとお母さんの様子を定期的に見に来てくれた児童相談所の男性のことだった。今では精神保健福祉士という人と一緒に、入院しているお母さんを見守ってくれている。

福田さんに連絡するということは、お母さんに連絡するということだった。

みのるは顔を上げ、大きく頷いた。リチャードも嬉しそうな顔をした。

夢見心地のままお風呂に入り、ベッドの上でぼんやりしていると、不意にみのるの携帯端末が震え始めた。メールではなく着信である。『林くん』という、あまり見ない表示に驚きつつ、みのるは画面をタップして回線を開いた。

「もしもし」

『……你好』

日本語ではない響きの挨拶にも、既にみのるは慣れていた。日本語がよくわからず困っているところを中田正義に助けられた縁で、林くんはみのると仲良くしてくれている。中国は福建省からやってきた元気な友達である。両親と中国から来ているという話で、家は中華街の料理店だそうだった。

『みのる。今ちょっと、話せるか』

「話せるよ。どうしたの」

ズーという鼻をすする音が続き、みのるは慌てた。林くんは泣いているようだった。

「林くん、どうしたの。大丈夫？」

『……俺、成績……二十六番だった』

みのるは言葉が出てこなかった。

お父さんが勉強に厳しいことを、林くんは常々みのるにこぼしていた。成績が良くないと絶対にいけないんだと、『絶対』の部分を強調して語っていたが、嫌そうな顔ではなく、どこか誇らしげな言い方だった。

それが二十六番とは。

林くんのお父さんも、クラスの合計人数くらいは知っているはずだった。怒られたんだろうな、とみのるは思ったが、何と言って励ましたらいいのかわからない。林くんはズビーと鼻を鳴らした。

『問題文が読めない。中国語のテストはわかるけれど、日本語のテストの問題は難しい。喋(しゃべ)るようには読めない。言ってることを中国語に訳してもらえばちゃんとわかる。でも日本語の問題は難しい』

「うん、うん、そうだよね。難しいよね」

『このままずっと落ちこぼれだったらどうしよう。恥と言われる。一番成績が悪い人なんて、うちの家には誰もいなかったと父が怒っていた』

林くんはお父さんのことを父と呼んだ。自分の親のことを他人に伝える時にはそういう風に言うのがフォーマルな形だと正義が教えたからである。フォーマルというのは『正式』とか『かしこまった』という意味らしく、みのるの知る限り林くんはフォーマルなものが好きだった。

『父は俺に、自分と同じ仕事をさせるのは嫌だと言ってた。日本の大学に通って卒業して、もっと体を使わなくても稼げる仕事に就いてほしいと言っていた。できるなら俺もそうしたい。でもこのままじゃ、そうなれない』

「そんなの、うんと未来の話だよ……」

『明日の明日は明後日(あさって)だ。未来は明日のちょっと先だ。すぐに来る』

おまけに夏休みになる、と林くんはこぼした。絶望的な事実を語るような口調だった。

『もちろん俺たちには、夏休みにも日本語の授業、ある。でも友達と喋る時間はない。中華街にいる先輩、大体みんな言う。夏休みとか冬休みが過ぎると、みんな成績落ちる。学校に行って、日本語を喋る時間が減るから、成績落ちる』

世界の真理を説くような口調だった。真っ暗な未来に頭から突っ込んでゆくと決められてしまったような口ぶりで、また少し鼻をズーズー言わせた。

みのるはたまらず口を開いていた。

「じゃ、じゃあ、僕といっぱい話そうよ。電話でもいいし、会って話すのでもいいし……そうしたら学校がなくても、成績はそんなに落ちないんじゃないかな。良太(りょうた)とも一緒に遊ぼうよ。正義さんも時々遊んでくれるし……とにかくいっぱい話そうよ」

林くんにあまり日本人の友達がいないことをみのるは知っていた。二十六人クラスのうち五人は中国からやってきた子どもで、横浜中華街で働いている親を持っている。五人の団結は固かったが、それ以外の人間関係は薄く、授業以外で日本語で話す機会は少なかった。

定期的に活用する機会が少なければ言語習得は難しいと、英語のテキストの例文を読み上げさせ、ロールプレイに誘うごとに、リチャードは言った。正義も全面的に同意すると言っていた。リチャードはイギリス生まれのイギリス人なので、生まれた時から日本語でコミュニケーションをする環境にいたわけではない。それでも上手な日本語を話す。それが『使う機会がある』ゆえだというなら、みのるが林くんにできることは一つだけである気がした。

林くんはそれから二回、ズーッという音をさせたあと、再び日本語で喋った。

『……みのる、ありがとう。こんな風に話せるのはお前くらい。少なくともお前、俺のこと、あの子は中国人だから、と言わない。俺は確かに中国人だけど、喋り方をからかうやつと、友達のふりをするのは嫌だ』

林くんはゆっくり、ゆっくりと告げた。まるで、心臓をえぐりだして差し出すような、マグマのような温度と緊張感のある声だった。中国人の子の喋り方をからかうクラスメイトがいることはみのるも知っていたが、嫌な子だと思うだけで特別にどうと感じたことはなかった。みのるはその時苦しいほどの後悔に襲われた。

そして一つ、思い出した。

「あ……そうだ。林くん、カンテイタンって知ってる？」

「カンテイタン……？　ああ、関羽(グァンユー)の祭りか！　知っているぞ。夏の祭りだ。横浜中華街が一年で一番盛り上がると父が言っていた」

「そうそう。正義さんが言ってたんだけど、その時にね」

やっと林くんのお父さんのお店に、料理を食べに行くことができそうだと。

以前正義が言っていた通り、みのるがそう伝えると、林くんはウォーッと叫んだ。喜びの叫びだった。

『早くそれを言え！　確実に父の機嫌が直る。父はお客さんをもてなすのが好き。とても好きだ。今から準備にかかるだろう。みのる、楽しみにしていてくれ。すごい料理がいっぱい出るぞ』

「え？　ううん、そんな気を遣ってもらうようなことじゃ……」

『お前はわかってない。恩人に恩を返すのはとても大事だし、名誉にかかわることだ。中国人でも日本人でも同じだろう。恩を返さないやつは恩知らずだし、無礼だ。覚えておけ。

恩人には一番いいもてなしをする。そして一緒に写真を撮る』

「写真を、撮る？」

『そうだ。だからちょっと新しい服を着てくるといい。俺も父も新しい服を準備する』

「そこまでするの！」

『そういうものだ』

そういうものだそうだった。電話の向こうの林くんには見えないであろうことを半ば理解しつつ、みのるは呆然と頷いていた。林くんはちょっと笑っていた。

と、回線の向こうで、誰かがウェイと叫んでいた。『ウェイ』は林くんもよく使う、「おーい」を意味する中国語である。

『ああ、ヒロシが呼んでる。行かなきゃ』

「ヒロシって、日本の人？」

『中国人。だがあだ名がヒロシ。料理は下手だが面白いやつ。そして奥さんが美人だ』

どこか自慢げな林くんの口調に、みのるはほっとした。

「……林くん、ちょっと元気出たみたいでよかった」

『は？　俺はいつも元気だぞ？　元気がない時なんて全然ない』

ふざけた口調にみのるは笑った。そして最後に再見、再見、と言い交わして通話を切った。中国語の『さようなら』にあたる『ザイジアン』は、再び見るという漢字を書く。またね、という意味がわかりやすいので、林くんと別れる時には、いつからかみのるはそう言うようになった。

　コンコンとノックの音がして、みのるがはあいと答えると、紺色のパジャマ姿の正義が姿を現した。

「みのるくん、お疲れさま。電話の邪魔しちゃった？」

「あ……終わったところです。林くんでした」

　ことの経緯を話し、祭りの日の店舗訪問の件を、大丈夫ですかとみのるが確認すると、正義は笑った。

「もちろんだよ。むしろ俺が話を先に通しておけばよかった。段取りを進めてくれてありがとう。あ、その日はかっこいい服を着て行ったほうがいいかもしれないね。決まりがあるわけじゃないけど、中国の人と一緒に食事をしたりすると、最初か最後にみんなで写真撮影をすることが多くて、次に会う時にはその写真が飾ってあったりするから」

「へえ……！」

　中田正義は世界の文化に詳しかった。そしてそれはリチャードも同じだった。二人ともそういうことに詳しいから友達になったのかなとみのるは思っていたが、もしかしたらそうではないのかもしれなかった。

リチャードが正義の先生なのだとしたら。

こういうことを正義に教えたのは、リチャードなのかもしれないと。

「みのるくん？」

「な、なんでもないです」

尋ねてみたいことだったが、それは今ではない気がした。もうちょっと正義と仲良くなれたら尋ねても問題ないかもしれなかったが、今はまだ駄目な気がした。

でもそんな日は、本当に来るのか。

おやすみと正義が言い、パタンと小さな音を立ててドアが閉じた時、みのるはひとりぼっちの世界に取り残されたような気がした。


テスト返しが終わるとすぐ七月、そして夏休みだった。おろしたての浴衣をまとい、良太と真鈴と山手の盆踊り大会に参加するというイベントを経て、みのるは生まれて初めてテレビで見るような『夏休み』が実在するという確信を得た。『友達と過ごす楽しい長期間の休み』が、初めて絵空事ではなく目の前に降りてきた気がした。

自分は初めて山手の盆踊り大会に参加する、とみのるがこぼした時、ずっと山手に住んでいたのにどうしてそんなことになったんだ、と良太は笑った。確かにその通りだとみのるも思ったが、それ以外の道はなかったようにも思えた。お母さんと二人で暮らしていた家は、どこか牢獄に似ていた。お母さんはまわりの人に自分たちの姿を見られてしまうのを嫌がり、みのるが勝手に『脱獄』もとい外出するのを嫌がった。それはまるで囚人服を見られるのを恥じる囚人、あるいは夜行性の昆虫が、明るい世界に出るのを怖がっているようで、みのるにはお母さんと自分を可哀相だと思うことがあった。でもそれをどこかで仕方ないことだと受け入れていた部分もあった。あんなに真剣にお母さんが嫌がっていることなのだから、理由はよくわからないにせよ、きっと本当に自分は外に出るべきではないし、人に姿を見られるべきでもないのだろうと。

よく考えると変な話だった。

またああいうことをしなさいと言われたらどうしようと、みのるは時々考えた。今はもう昔ほどやすやすとそういう環境を受け入れられるとは思わなかった。それはとても怖いことに思えた。

「…………」

そんな日が来るのかどうか、来たとしたらどうしようかと考えあぐねながら、みのるはぼんやりと夏休みを過ごすつもりだった。つもりだったのだが。

「みのるくん！　海に行こう！」

中田正義はみのるに落ち込んでいる時間を与えなかった。

「えっ、ええと、ええと」

「せっかく夏休みなんだから、ちょっとくらいはしゃがないと！」

夏休み五日目。目が覚めてリビングダイニングに入ると、中田正義が青い海水パンツに赤いアロハシャツを着ていた。何故か首には百円ショップで売っていそうな造花を組み合わせた花のレイをかけていて、麦わら帽子をかぶり、足は裸足である。見るからに海に行こうとしているスタイルだった。

こういう時どうしたらいいのか全くわからず、みのるがあたふたしていると、もう一つの寝室の扉が開き、もう一人の同居人が顔を出した。

「何の騒ぎですか。よしなさい正義。あなたの夏休みではないのですよ」

「リチャード、お前……面白いくらい説得力がないよ……」

「おや」

リチャードは額に飴色のサングラスをのせ、白い開襟シャツに茶色のハーフパンツをはいていた。リチャードが足首より上の丈のズボンをはいているところを、みのるはそれまで一度も見たことがなかった。そしてやはり裸足で、何より背中に巨大なハイビスカス柄の浮き輪を背負っていた。海へ行く格好である。

「…………」

みのるは無言で、いそいそと自分も靴下を脱いだ。正義とリチャードはにっこりと笑い、みのるの水着を鞄に詰め込んで、三人で車に乗り込んだ。

「茅ケ崎って知ってる？　神奈川県ではそれなりに有名なビーチなんだけど」

「し、知らない、です。今日は、そこへ行くんですか」

「うん。楽しいんじゃないかと思って。勝手に計画を立てちゃってごめん」

「そんなことないです！　でも……」

五月には博物館に連れて行ってくれたのに、今度はビーチ。

正義が忙しすぎるのではないかと思った。

しかしそんなことを言っても笑い飛ばされることを、みのるは既に学習していた。その代わりにできるだけさっとビーチを楽しんで、さっと正義に遊びを切り上げさせて、さっと仕事に戻れるようにするのがいい。みのるはそう考えた。自分にできることがあるとすればそれだけであるような気がした。

国道一号線をきっちり一時間飛ばし、青いアストンマーティンは『茅ヶ崎』と案内標識に書かれた街に到着した。海辺の街である。もちろん横浜にも海はあり、海辺の公園も日本丸も存在したが、茅ヶ崎の海とはタイプが違った。

「まだ朝の九時なのに、人がいっぱい……」

茅ヶ崎の海はどこまでも広がる砂浜だった。砂浜の道路沿いの部分には、遊歩道兼サイクリングロードのような細い道がどこまでも伸びている。サーフボードを小脇に抱えた海水パンツ一丁の男性や、サーフボードをサイドに取り付けるパイプつき自転車を転がした水着にTシャツ姿の女性が、次々とビーチに集結していた。横浜のように大きな船がやってくるための港ではなく、人が泳ぐための海だった。

もわもわと反響する男性ボーカルのポップスが、遠くのスピーカーから流れている。

「よし、じゃあ遊ぼうか。みのるくん、どうしよう。泳ぐ？　潮干狩りする？」

「……僕、海で泳いだことがないです」

「じゃあ一緒に練習してみようか！　泳ぐこと自体はプールとそんなに変わらないと思うけど、海のほうが体が浮きやすいよ。塩水だからね」

「塩水だと体が浮きやすいんですか……？」

「そうだよ。こういう話も理科の水溶液の単元か何かでやるかもしれないなあ」

正義はライフセーバーの座る高い椅子と、ここからここまでと遊泳区間が区切られたブイの位置を、みのると二人で確認してから、準備運動をして海に入った。海に入ると正義が気持ちよさそうに笑ったので、みのるは正義が海好きであることを知った。

「まずは波に逆らわないで、とりあえず浮くことを考えてみよう。それだけでも楽しいよ」

みのるは最初、海をエンジョイしていたが、徐々に気持ちが悪くなった。足が立つ時には、寄せては返す波の中に自分がいることが面白くてくすぐったくて楽しかったが、正義に手を引かれて浮かんでみると話が変わったのである。足が立たないわけでもないのに、ゆらゆら揺れる水に全身を任せていると、言い知れない不安が全身を包んでいった。

嫌な感覚に思わず体がこわばると、プールと同じように膝(ひざ)が沈んだ。顔まで沈みそうになったところで、みのるは正義に抱き留められた。

「みのるくん、力を抜くといいよ。リラックスして、魚になったつもりで、海の底を見てみようよ」

「そっ、底はっ、見たくないです」

「そんなに深いところまで行こうって意味じゃないよ！」

正義はその後もみのるの手を引き、海の中をあっちへこっちへ連れまわしてくれた。みのるは良太ほど体が大きいわけではなかったが、小学生ほど小さいわけでもない。こんな風に手を引いてもらうなんて恥ずかしいことなのではと思ったが、特に誰も気にしたり、笑ったりしている様子はなかった。時々海水浴客が声をかけてくるが、それはみのるではなく正義に対するものである。

「あら甲斐甲斐しい！　若いパパさん？」

「いえ、父親じゃないんです」

「小さい弟と遊んであげて感心なお兄ちゃんねえ。二人でいらしたんですか？」

「いえ、もう一人います」

「お兄さんかっこいい！　この後は暇ですか？」

「いえ、予定があります」

　さすがのみのるにも、正義が大量のナンパを受けていることがわかった。

　やっぱり海にやってくると、みんないつもはできないようなことをしようという気分になるのだろうかと、みのるはどこか遠いところから、更に遠いところを望遠鏡で眺めるような気持ちで考えた。わけがわからなかった。しかしこの海にやってきて正義に声をかけてくる人たちは、みのるには理解のできない何らかの理屈で、中田正義と仲良くなろうと頑張っている。一体なんでそんなことをしようと思うのか、海に来て泳ごうとかボール遊びをしようとかきっと考えていたのだろうから初志を貫徹すればいいのではとみのるは思ったが、どうもそうではないような気がして、でもやっぱりよくわからなかった。真鈴がいればうまく答えてもらえるかもしれないと思ったが、もちろんこの場に真鈴はいなかったし、いたらいたでまた正義に声をかける人間が一人増えそうな気がした。

「あの……正義さん、大変だったら、もうこのくらいで」

「え？　どうして？　全然大変じゃないよ。みのるくんと一緒に泳げるのって楽しいしね」

「そうじゃなくて……」

声をかけてくる人が多いので、とみのるがおずおずと告げると、正義はびしょびしょの髪を軽くかき上げ、ああ、と笑った。

「そういうのは慣れてる。スーツを着てる時よりは少ないいんじゃないかな。それより俺、心配で」

「心配？」

「自分でもちょっと考えすぎだと思うんだけど、もし……みのるくんが何かの事情で海で事故に遭うことがあったら、短時間でも自力で浮けないと困るかもしれないから……ほら、学校でも着衣水泳の授業があっただろ。あれも目的は同じなんだ」

「『浮いて待て』ですよね」

「それ。泳ぐと体力を消耗して危険だから、浮かんで救助を待ちましょうっていう原則があるよね。でもプールは淡水だし、波があるわけでもないから、やっぱり海でも一度くらいは泳いだほうが安全なんじゃないかなって」

みのるはこっくりと頷いた。つまりみのるが海で泳げるようになるまで、正義はここで声をかけられ続けるということだった。解決方法は一つしかないようだったが、みのるにはできる気がした。何しろテストの点が全部上がったのである。そんなことができたのだから、海で泳ぐことだって無理ではない気がした。そもそもプールでは泳げるのである。

みのるは周囲の環境や、海水のしょっぱさに気を取られるのをやめ、正義のアドバイスと揺れる波にのみ集中することにした。手足をあまり大きく動かそうとはせず、海の中に間借りさせてもらっているような気持ちでいそいそと動かす。そして自分の体がちゃんと浮かんでいることを意識し、いらない力は抜く。

三十分後。

「っぷあ！　正義さん！　泳げました！　僕、海で泳げました！」

正義が手を放した場所から十メートルほど先の岩まで、みのるはひとりでたどり着いた。十メートル向こうで正義がばしゃばしゃと水しぶきを上げて万歳をしていた。

「やった！　やったねみのるくん！」

「今そっちに戻りますっ」

みのるはきちんと、来た道を辿るように十メートルの道のりを戻った。すごい、すごいとジャンプする正義に、みのるは笑顔で告げた。

「正義さん、ありがとうございました！」

「やったね！　じゃあどうしようか、そうだ、もっと遠くまで……」

「いいえ！　もう海水浴はいいです。終わりです」

「えっ」

「もういいです。大丈夫です。あの、正義さん、帰って平気ですよ」

「……みのるくん、疲れちゃった？」

「え？　ええと……そういうことじゃなくて」

どういう風に言えば伝わるのかまでは考えていなかったので、みのるは慌て、久々に海の水を飲みそうになった。今度は正義が慌て、みのるを連れて浜まであがってゆくと、大きな紺色のパラソルの下でリチャードが待っていた。

「おかえりなさいませ、お二方。随分ご精が出たようですね」

「日本の海で泳ぐのって何年ぶりかなあ。みのるくん、何か飲もうか。栄養たっぷりのドリンクを作ってきたから、飲んだら疲れがとれるよ」

「………」

そういうわけではないんですけど、とみのるがもじもじすると、リチャードは何かを感じ取ったようだった。バスタオルをかぶって髪を拭う正義は砂浜でも人気者で、きゃーかっこいいーお持ち帰りされたーいというよくわからない声を浴びていた。正義が苦笑すると、リチャードも似たような表情を浮かべる。

バナナの栄養ドリンクと温かいお茶を飲みながら、ハムとトマトのサンドイッチを食べるランチの時間を、正義とリチャードは長くとった。水泳の後には自分で思っているより体が疲れているものだからと。とはいえ三十分も休むと、みのるは体がむずむずしてきた。目の前には砂浜と海が広がっているのである。正直に言えばもう少し遊びたかった。

どうするのが一番いいのだろう、と思っていると、不意にリチャードが自分のかけていたサングラスを正義の額に差した。

「それでもかけて寝ころんでいては？　バトンタッチとしましょう」

「お前、そのままじゃ……せめてサングラスくらいかけて」

「予備がありますので」

言葉の通り、リチャードは羽織っていたジャケットの胸ポケットから、よりフォーマルな形のサングラスを取り出し、ちゃっと装着した。

そして立ち上がり、みのるを見た。

「……リチャードさんも泳ぐんですか」

「私からはビーチコーミング、潮干狩りというものをご提案させていただければと」

ご存じですか？　とリチャードは告げた。ご存じなかったのでみのるが首を横に振ると、リチャードは微笑(ほほえ)み、巨大なクーラーバッグの後ろからバケツとシャベルを持ち上げてみせた。土木作業に使うような大きいタイプではなく、どちらも百円ショップで売っていそうなサイズで、砂場に放置されているような黄色いものだった。

「シャベルは必要ないかもしれませんが、バケツはあったほうがよろしいかと」

「何か掘るんですか？」

「みのるさまは岡山でビカリアという貝の化石をお見つけになったそうですね。ワンダフル。では今度は、現代の日本に息づいている貝を探してみるのも面白いかもしれません」

「貝を探すんですか」

「あるいは貝以外のものでも」

そう言うリチャードの瞳は、サングラスの深い青みに隠されて見えなかったものの、いたずらっぽく微笑んでいる気がした。正義が何か面白いことをした時くらいにしか見せない親しみ深く穏やかな顔が、みのるは好きだった。

リチャードに連れられて、みのるは海水浴客がたむろする遊泳場から少し離れた砂浜に繰り出した。とはいえ海が区切られているわけではないので、砂浜はどこまでも続いている。水遊びをする子どもや、追いかけっこをするカップル、遠くにはサーフボードやボディボードを担いだ裸足の人たち。

「さっそく一つ見つけました」

「え？」

リチャードは黒いスポーツサンダルのまま波打ち際まで歩いてゆき、いつものように颯爽とした仕草でしゃがんだ。着ていないのにスーツのしっぽのような部分を気にする手ぶりが可愛かった。

リチャードがみのるに差し出しているのは、人差し指の先ほどの大きさの貝殻だった。白地に茶色いぶち柄の地味な二枚貝である。みのるには見覚えがあった。

「これ……？」

「アサリでございますね。中身は入っておらず、貝殻だけが残った状態のようです」

「アサリって、朝のお味噌汁とかの……？　なんで……？」

「貝類は魚屋さんにも並んでいますが、もとは海の生き物でございますので」

みのるの頭の中で何かが繋がった。確かにスーパーに野菜は並んでいるが野菜が育っているのは畑であるように、魚ではないとしても、海で育っているのが当たり前だった。そして養殖されているものではなくても、海にはさまざまなみのるの知っている生物が息づいている。

みのるはさっそくリチャードの隣にしゃがみ、シャベルで砂浜を丁寧に掘り返してみた。ビカリア探しの時に学んだのは、あまりざくざく掘ると、掘りあてたいものを傷つけてしまう恐れがあるということだった。ましてやまだ生きているかもしれない貝である。化石よりも明らかに柔らかそうだった。みのるは途中でシャベルをバケツにつっこみ、時々波で洗いながら手を使って砂を掘った。

結果は大漁だった。

「もう貝をお見つけになったのですか。エクセレント。こちらはイタヤガイでございますね。いえ、ホタテガイではございません。ホタテはもう少し寒い海に生息している貝ですし、もう二回りほど大きいサイズであるはずです」

「こちらもイタヤガイかと？　いえ、こちらはヒオウギガイでございますよ。確かに大きさや形はイタヤガイにそっくりですが、鮮やかな紫や黄色であるのが特徴です」

「美しい偏光色の貝をお見つけになりましたね。こちらはナミマガシワと呼ばれる岩場の貝でございます。私はこの貝を漢字で書いた時の字がお気に入りです。『波間柏』、雅でございますね」

「面白い貝をお見つけになりましたね。はい、それも貝ですよ。オオヘビガイという少し変わった形の貝で、以前お客さまのお子さまが『たばこの吸い殻の化石を見つけた』と笑っていたのを思い出しました。言いえて妙でございますね」

茅ヶ崎の砂浜は貝殻の宝庫だった。みのるは次々と新しい貝殻を発見し、リチャードは貝殻博士のように一つ一つの名前とエピソードを教えてくれた。時々同じように潮干狩りをしている人が現れ、みのると一緒に戯れたが、リチャードの姿を見るとビクリとし、そそくさと別の場所を探し始める。リチャードはすごく優しい人なのにどうしてそうなるのだろうとみのるは思ったが、リチャードはサングラスの奥で静かに微笑むだけだった。

三十分ほど経った頃、みのるはサザエの貝殻のふたのような部分に加え、小さなタカラガイを見つけて小躍りしたくなった。バケツはもう底が見えないほど貝殻でいっぱいになっている。同じ種類の貝殻でも、一つとして同じ模様のものはないため、あればあるだけみのるは拾い集めたくなって、そのどれもが輝く勲章のように思えた。

わあ、とみのるが顔を輝かせると、リチャードは数センチサングラスを下げて笑った。

「こちらを学校の自由研究課題に活用するのも面白いかもしれませんね」

みのるはハッとしたあと、こんな時まで自分の宿題を案じてくれていることが申し訳なくなった。

もう少し探してきます、と言ってみのるは駆け出し、リチャードと距離をとった。リチャードとの付き合い方を、みのるはまだ何となく模索中だった。正義に比べれば機会が少ないとはいえ、日々朝食や、時々は昼食夕食も共にしている仲間である。車で送ってもらうこともあるし、宿題を見てもらう時間は正義よりも多いほどだった。大切な相手だとみのるは思っていた。

だが髪の毛は金色で、目は青色である。そしてお人形以上に目鼻立ちが整っている。リチャードとみのるが二人で道を歩くと、誰もがリチャードの顔を見てゆく。そして好きなことを言う。綺麗(きれい)な人ね、俳優さんかしらね、結婚してるのかな等々。かなり大きな声で言う人も多い。そういう人はリチャードが日本語を理解すると思っていないのである。ガラスの向こうの動物を「可愛いね」と言って通り過ぎてゆくようだと思うたび、みのるはいつも胸の内側をカリカリひっかかれているような気がした。

そして正義はできるだけ、そういう嫌な感覚を覚える機会を減らそうとして、リチャードの隣を歩いている気がした。

では自分はどうすればいいのだろうとみのるは考えた。あのカリカリをなくすために何ができるのだろうかと。だが結論が出ない。そもそもみのるがどう頑張っても、リチャードがリチャードである以上、道をゆく人は皆美しさや格好よさを誉めそやしてゆきそうだった。その人たちは特にそれを悪いことだとは思わず、軽やかに。

そしてリチャードは言い返さない。

特に貝殻の目星をつけるでもなく、砂浜にしゃがみこみ、シャベルで浜に線を描いているると、ふとみのるの前に指が目に入った。マニキュアの塗られたピンクの指である。

顔を上げると女性がいて、必死の顔で砂浜を撫でまわして何かを探していた。みのるがそのままぼうっとしていると、女性が直進してきたので頭がぶつかった。

イテ、と呻いて尻もちをつくと、女性は慌てて立ち上がり、みのるに手を伸ばした。大学生くらいの黒髪の女性で、赤い水着の上に目の粗い白いカーディガンを着ている。

「大丈夫？　ごめんなさい、前を見てなくて……」

「大丈夫です……あの、どうしたんですか」

「このあたりでペンダントを落としちゃって。貝殻を集めてたの？　じゃあ見てない？　このくらいの大きさの水色の……」

もういいよー、また買えるからさー、という男の声が聞こえたが、女性は無視していた。砂浜に膝をつき、砂の表面という表面を撫でつくそうとするように手を広げる。正義と一緒に見たドキュメンタリーに出てきた、探知機なしで地雷を探さざるを得ない人のようだった。表情はとても焦っている。それから三回ほど、かなちゃーん、と呼ばれた時、女性はついに顔を上げて怒鳴り返した。

「いいから待っててよ！　最初のデートの時に買ってもらったのに！　絶対見つけるから待ってて！」

「でもそろそろ電車に乗らないと、香菜ちゃんの行きたがってたお寺を見る時間がなくなるよ。その後はレストランに行って……」

「お寺なんかいいの！　どうせあと百年くらい建ってるでしょ！」

背後で立っている男性は、足が悪いようで杖をついていた。手伝いたいというように体をもぞもぞさせているが、どうやらしゃがむことができないらしい。気づいたリチャードが男性に近づき会話を始めた。

「どうしよう……今日中には帰らなきゃいけないのに……本当に最悪……」

女性は呻くように呟きながら、分速十センチほどの速さで砂浜を移動していた。

みのるは声をかけてしまった。

「あの、ぼく、ゴールデンウィークに岡山県でビカリアを見つけました」

「え？」

振り返った女性は困惑していたが、みのるは何とか言葉を続けた。

「……普通、あんまり見つからない化石だったんですけど、すぐ見つけたので……」

ペンダントを見つける手伝いができるかもしれないと、みのるはもぞもぞと伝えた。すると女性は声をあげて笑い、ほんの少し泣いた。

「ありがとう。さっきも言ったけど、ペンダントヘッドに一つだけ石がついてるタイプの首飾りなの。水色の石が黒い紐でグルグル巻きになってるタイプで、ちょっとごつごつしてて、何ていうか、海によく落ちてそうな色と形で……見つけにくいと思うんだけど、諦めたくないから」

今まで目にしたことがないほど真剣な顔で、女性はみのるを見ていた。みのるにできたのは頷くことだけだった。

シャベルとバケツを離れた場所に置いて、女性の隣に並び、素手で砂浜をさらう手伝いをすると、リチャードも近づいてきてみのるの隣にしゃがんだ。女性が困惑する前に、リチャードは挨拶した。

「初めまして。彼の保護者です。はるとさんからお話をうかがいました。よろしければ私も彼のかわりにお手伝いさせていただいても？」

「そ、それは助かりますけど……！　あの、日本語、とってもお上手ですね……？」

「どうも」

女性はそれ以上リチャードの言葉や容姿については質問せず、ただ落としたペンダントの形状を説明しただけだった。三人はそれから言葉少なに砂浜を丁寧に撫でまわし、波と垂直に一直線に並んで離れた場所をさらい続けた。

スピーカーから聞こえてくるバンドの男性ボーカルが、十曲ほど続いた頃。

「あっ！」

女性が声をあげた。

みのるとリチャードが腰を浮かせると、全身砂だらけの女性は、満面の笑みで右手を空高く掲げた。

黒い紐でぐるぐる巻きになった、水色の石のペンダントが輝いている。砂だらけになっているが、確かにペンダントだった。

「あったー！」

あった、あった、を連呼しながら女性は立ち上がったが、あまりにも長い時間しゃがみ続けていたために立ち眩（くら）みを起こし、倒れそうになった。リチャードが支えると、杖をついた男性が慌てて寄ってきて抱き寄せる。

「香菜ちゃん、大丈夫？　頑張りすぎたんだよ」

「でもあったから！　はるとくん、待たせちゃってごめん。でもどうしても見つけたくて」

「それはよかったけど、暑すぎるからどこか涼しいところに行こう。顔が怖いくらい真っ赤だよ。お二人とも、本当にありがとうございました。よければ電話番号を教えてください。後日改めてお礼を」

「あ、はるとくんちょっとタイム。クラクラする」

そう言うと女性は、再びしゃがみ、今度は立ち上がれなくなった。みのるとリチャードは頷き交わし、正義の待つパラソルの下まで女性を連れて行くと、冷たいスポーツドリンクと保冷剤で体を冷やした。

「熱中症でしょう。見たところ意識はしっかりしているようですが、回復しなければ救急車を」

男性はガチャガチャと音をたてながら跪いた。状況を理解した正義はパラソルを動かし、二人の上にしっかりと影が来るように調整したが、男性は気づかなかった。そして万が一の場合を考えたのか、自分は山室はると、彼女は山室香菜だと、慌てふためいた自己紹介をした。

三十分ほど休んだあと、香菜は体を起こせるところまで回復し、すっきりした顔で笑っていた。

「いやー、本当にすみません。地獄で仏って本当にあるんですね。はるとくんごめんね、心配かけて」

「そんなこといいから、本当に大丈夫？　やっぱり病院に行ったほうが」

「病院はいいって。どうせ熱中症の人で大混雑だろうし。でもお寺とレストランはやめて、今日はこれで帰ろうかな。体力がもたないし」

「うん、それがいいよ。皆さん、本当にありがとうございました」

タクシーを呼んでくるので目印を探します、と言って、はるとが再びガチャガチャと音を立てながら立ち上がり、左右に体を揺らしながら砂浜を国道のほうへと歩いていった。何で砂浜なのに、あの人が歩く時には音がするんだろう、とみのるはぼんやり考えているうち、リチャードが喋った。

「山室さま、よろしければもう一本スポーツドリンクをどうぞ」

「いやあほんと、もう大丈夫ですから。それよりすみません、今日は一家団欒(だんらん)だったんですよね。こんなにお邪魔しちゃって、恥ずかしい……」

香菜がそう言った時、リチャードと正義が嬉しそうな顔をしたのがみのるにはわかった。みのるにもその理由がわかった。三人で歩いている時に嫌というほど聞かれる――そして時々は警官にも職務質問される――『どういう関係なの?』という嫌な質問を、香菜はきれいに回避してくれたのだった。

リチャードは微笑み、香菜の手から空のペットボトルを受け取り、代わりに保冷剤を渡した。正義のランチが入っていたボックスには無数の保冷剤が入っており、今はそれが香菜の足置きであり枕になっている。

「それより、ペンダントが無事に見つかってよろしゅうございました。『砂粒から砂金を探し出すようなもの』というたとえがございますが、香菜さまは見事それを成し遂げられましたね」

「……そもそも私がペンダントを落とさなきゃよかっただけの話ですし……申し訳ありません。安物だし。いやまあ、値段の話じゃないんですけど……」

香菜は苦笑いし、首にさげたペンダントを撫でた。だがアミアミの白いカーディガンは首元まであるため、みのるにはどんな石がついているのかは見えない。ちらちら見ていると、香菜は笑い、首からペンダントを外した。

「今日はもう二度と外さないつもりだったんだけどね。しっかり持ちながら見てね」

みのるはおっかなびっくりペンダントを受け取った。

ぐるぐる巻きになった黒い紐には、ところどころ白い粉のようなものが散った、半透明の水色の石がくくりつけられていた。みのるが親指と人差し指でマルを作ったよりも若干小さいほどのサイズで、太陽にかざすと鈍く、それでも確かに輝く。

「海のおみやげなの。たぶん石。もしかしたら貝かもしれないんだけど、ちょっとよくわからなくて」

みのるはおずおずとリチャードの顔を見た。リチャードはみのるの手の上のペンダントを眺め、呟くように告げた。

「こちらは貝ではございませんね。シーグラスです」

「シーグラス？」

「海に流れ出した瓶等のガラス類が、海洋でもまれる間に砕け、角が取れ、丸くなり、このようになったガラスの総称です。シーグラスという名前の石や宝石があるわけではなく『海のガラス』という意味合いの総称でございます。人魚の涙のように美しいものですのて、ビーチコーミングをする人々にはとても人気がありますね」

みのるはびっくりした。つまり最初は、分別されず海に流れ出してしまったゴミだったということである。ビニール袋が海に流れてゆくと、魚やイルカが食べてしまって大変なことになるという話は、学校の授業で知っていたが、瓶については何も知らなかったし、シーグラスの話も初耳だった。

「あ、そうなんだ……じゃあ最初はゴミだったってことですね。はは……でも『人魚の涙』って、いいですね。なんか……何でしたっけ？　サファイアとかみたいな？」

「どちらかというとそれはアクアマリンですかね。『天使の涙』なので。あ……すみません。職業病で」

「職業病？　石関係のお仕事をしてるんですか」

「俺たち二人は宝石商なんです」

へえー！　と香菜は歓声をあげた。

「石の仕事をしてる人に、生まれて初めて会いました。オーラストーンとか……？　観光地によくありますよね。私ああいうの好きです。思い入れができちゃって」

「よろしければ」

そう言ってリチャードは携帯端末を取り出し、二人のボスと京都のデザイナーが運営しているというSNSアカウントを見せた。画像が続いてゆくタイプのSNSである。写っているのはどれも美しくカットされ、ゴールドやプラチナの地金にはめこまれた色とりどりの宝石だった。香菜は目を丸くした。

「うわー！　すっごい！　これ、全部本物ですか？　すごい値段なんじゃ……」

「物によって値段は大分違いますね。こっちのシトリンのブレスレットは十五万円ですし、こっちのカラーダイヤは………幾らだっけ」

「二千万ほどかと」

「うわわわ、庶民（しょみん）にはそんなもの着けていく場所がないです！」

みのるは香菜の気取らなさに笑った。少なくとも宝石をたくさんつけて、「ぼっちゃんそちらの異人さんと一緒にサイダーを飲みにいらっしゃらないかしら」と誘ってきた老婦人よりずっと好きだった。あの時にはみのるはリチャードと二人で、山手本(やまてほん)通りの近くにある洋食屋さんでケーキを食べた帰り道だったのだが、みのるは決然と首を横に振り、リチャードと一緒に老婦人の横を通り過ぎた。住宅街といえど不審者は出る時には出るので、十分注意しなければいけませんと、リチャードはしばらく歩いてからみのるに忠告した。その時にもやはり、『異人』なんて言われるのは嫌だったな、とは言わなかった。

香菜はリチャードの端末を借り、買えない、買えないと笑いながらも、楽しそうに画像をスワイプしていった。香菜は在宅業をしているらしく、パートナーのはるとに連れ出されなければほとんどインドアに過ごしていること、茅ヶ崎は二人で訪れた思い出のビーチであることなどを楽しそうに話した。そして途中で保冷剤が冷たいと言い始め、丁寧に返した。顔の赤さはほどほどで、手足の先も健康的な色になっている。もう大丈夫そうですね、とみのるが笑うと、正義もそうだねと無言で頷いた。

しばらくするとガチャンガチャンという音を立ててはるとが戻ってきた。香菜はみのるからペンダントを受け取り、再び大切そうに首にかけた。

「香菜ちゃん、お待たせ。あと十五分くらいで来るらしい。そろそろお暇(いとま)を……何の話をしてるの？」

おかえりなさいと正義が言い、日陰を譲ろうとしたが、はるとは笑顔で固辞した。この二人は宝石商なんだって、と香菜が説明すると、はるとは目を丸くして驚き、何故か笑った。

「それじゃあ香菜ちゃん、ちょうどいいからお二人から何か買おうよ。悪いものじゃなさそうだし、少なくともシーグラスよりは海の思い出にはぴったりだ。電話番号を教えていただけますか」

「ちょっとはるとくん、せっかく一緒に見つけてもらったものなのに、そんな言い方ないでしょ！」

「でもこれは、値段的には三千円だったし……」

「値段じゃないのよ。だったら宝石なんて地面に埋まってた時点で全部『石』でしょ。それを誰かが大切にするから『石』じゃなくて『宝石』になるんじゃないの。ねえ、そういう面もありますよね」

香菜は正義とリチャードに問いかけていた。二人は顔を見合わせ、嬉しそうに微笑んだ。

「はい。そういった側面も、宝石のとても大きな魅力の一つでございますね。ですがそのような考え方を、全ての人が持ち合わせているわけではございません」

「値段でしか宝石のことを考えない人もたくさんいますからね。香菜さんはすごいですよ。

はるとさんもそう思うでしょう」

「それは、そうですよ」

はるとは香菜を褒められて嬉しいようだった。みのるはそれに嬉しくなった。しかしはるとは、でも、と言葉を続けた。

「それはそれとして僕は、やっぱり客観的に価値のあるものを大事な人に持っていてほしいなあとも思うんです。資産価値があることも重要ですし、有事の際にもすぐ持っていけますし、何よりあって困るものでもありませんから。それは矛盾しない話ですよね」

「もちろんでございます」

「ありがたい話ですよ。そういう人がいてくれないと、俺たちの商売はあがったりですからね」

「正義」

リチャードが窘めると正義は苦笑し、すみませんと頭を下げた。次に顔を上げた時、正義は香菜のシーグラスのペンダントを見ていた。

「俺、シーグラスって存在を大人になるまで知らなかったんですよ。あんまり海には縁のない土地で育ったこともあって、潮干狩りをして遊んだ経験もほとんどなかったし……でも、いいですよね。宝石の一つの価値に『人によって大事にされること』という側面があるなら、海で研磨されたガラスに『シーグラス』って名前をつけることは、その極致みたいな気がします。自分の拾ったきれいな石に、きれいな名前があったら嬉しいでしょう。多分、そういうことだと思うので」

「あー確かに。『瓶の破片が丸くなったやつ』じゃ締まらないですしね」

香菜は冗談めかしていたが、どこか少し寂しそうだった。しかし、と言葉を継いだのはリチャードだった。

「宝石の命名についても、ほとんど『シーグラス』と変わりません。この石は美しい、特別な名前を授けよう、それが後世に受け継がれて『ルビー』に。この石はまるできらめく海のようだ、特別な名前を与えよう、それが『アクアマリン』に」

「……確かに、物より先に、名前があるわけじゃないよね。物があるから、そこに誰かが名前を与えるんだ。シェイクスピアっぽいね。ほら、『ロミオとジュリエット』の、バラの名前のところ」

「なるほど。では石の名前とは、人の愛と同じようなものかもしれませんね」

リチャードはそう告げ、ロミオ、から始まる何らかの台詞(せりふ)を横文字で暗唱した。英語だなということはみのるにもわかったが、それ以上のことは何もわからなかった。だが香菜とはるとはわかったらしく、目を丸くしていた。

「……リチャードさんは英語も流暢にお話しになるんですね」

「恥ずかしながら、母国語でございますので」

「あっ、日本の方じゃないんだ。失礼しました」

今の横文字の言葉は何だったんですか、とみのるが正義に視線を向けると、正義は正義で口を開いた。

「今のは、そうだな、『たとえタコ焼きはタコ焼きという名前で呼ばれなくても、タコ焼きと呼ばれる時と同じくらいおいしいだろうな』とか、そんな感じの台詞。名前って大事なものだけど、それで物の本質が左右されるかっていうと、そんなに違いはないよねって……うーん、難しいよなあ」

「何で『バラ』を『タコ焼き』にしたんですか、正義さんって面白い人」

「食べ物のほうがわかりやすいかなあって」

はるとは少しだけ俯いていたが、その後顔を上げ、そっと香菜の手を掴んだ。

「香菜ちゃん、ペンダントを探してくれたのに、水を差すようなことを言ってごめんね。思い出のペンダントだから必死で探してくれたことはわかってるよ。それは嬉しい。でもそれで香菜ちゃんが倒れちゃうんじゃ僕は悲しいよ。次にこういうことがあっても、ペンダントは探さなくていい。それが百万円のペンダントでも同じだよ。香菜ちゃんの体のことを一番に考えてほしいな」

「百万円のペンダントを落としたら警察に行くって！」

　でも言ってることはわかるよと、香菜は微笑み、はるとの手を握り返した。大人だなとみのるは思った。何がどう大人なのかはよくわからなかったが、言葉ではないところで何かが通じ合っていそうなところが、なんとなく大人であるような気がした。

　そろそろお暇しなきゃ、と言うはるとの言葉に香菜が立ち上がると、リチャードは彼女に名刺を渡した。

「銀座七丁目にエトランジェという名前の宝石店がございます。私か、香港系の店員か、さもなければ私のボスがおります。折があればお立ち寄りください。おいしいお茶をご馳走いたします」

「ありがとうございます。銀座ならそんなに遠くないね、はるとくん」

「うん。それじゃあこちらの電話番号かメールアドレスにご連絡させてください。本当にありがとうございました」

　そうして二人は支え合うように、もつれあうように砂浜を歩いていった。

茅ヶ崎から横浜に帰る車の中で、疲れたみのるは眠り込んでしまい、気づいた時にはマンションの駐車場の中だった。茅ヶ崎といえば有名な歌手のグループがいるという話で、正義がサブスクを探していたところまでは覚えていたのだが、そこから先は駄目だった。今度カラオケに行った時に何か歌うからね、と正義が約束してくれたので、みのるは嬉しい気持ちのまま一日を終えることができた。

数日後。

「じゃあみのるくん、貝殻の写真をプリントアウトして模造紙に貼ってみようか」

「えっと……あの、自由研究の宿題の提出はタブレットなので、紙じゃなくて、データで作成すればいいんです」

「あっ…………リチャードごめん、俺の頃とはもう時代が違った」

「ご心配なく、私の幼少期とは時代のみならず国も違います」

文房具店で模造紙を買ってきてしまったという正義は、恥ずかしそうに一度は広げた紙をまた丸めていた。正義が中学生だった時期には、こういう紙に自由研究をまとめて、理科室に掲示していたのだという。

みのるは拾ってきた貝殻を一つ一つ写真にとり、それぞれの名前をリチャードが持っていた図鑑で調べ――いつもは銀座のオフィスに置いているものだそうだった――正式な名前を書き添えた。ついでに茅ヶ崎のビーチにあった『海辺の植生』という看板の写真も出てきたので、みのるは最後におまけ程度に付け加えることにした。

「クロマツの砂防林……そういえばビーチと、車の道の間に、松林が広がってました」

「海辺の人たちの暮らしを海風の直撃から守ってるんだね。塩害っていってね、海風には塩が混じっているから、畑に悪影響を与えたりするんだけど、飛砂だけじゃなくて、それも防いでくれる。ああいう風に松林を活用しているところは日本中にあるよ。横浜は、浜ゾーンより港ゾーンのほうが多いから、あんまり松林のイメージがないけれど、湘南だけでも藤沢とか、大磯とか、いろいろ思い当たる」

「へえ……！」

みのるの頭の中で『海』という漠然とした存在が、少しずつ具体的な形に実を結び始めていた。海にはアサリがあり、みのるの朝ごはんに影響を与えている。海には貝殻だけではなくシーグラスが落ちていて、それは海に捨てられた昔のガラスの破片が変化したものである。海からは強い風が吹いていて、昔の人々は暮らしを守るため海辺に松の木を植えた。

海とは青色のクレヨンで塗りつぶされた絵のようなものではなく、大きな場所で、生き物の集合体で、人間に影響を与えるもので、地球の一部だった。そして。

「うんと昔には……岡山県のほうで、ビカリアが泳いでたんですよね。茅ヶ崎ではどうだったのかな……？」

「調べてみようよ」

「はい」

ざっくりと調べたところ、茅ヶ崎でビカリアの化石が見つかったという記録はなかった。岡山県ではとれるものが、神奈川県ではとれない。それは二つの場所が離れていて、今も昔も海の流れが違うことや、それぞれ今みのるが生きている地面に『露出』している『地層』の時代が異なることに関係しているようだった。

頭がこんがらがってきたので、みのるはビカリアのことは簡単に済ませて、自由研究課題を結ぶことにした。だが最後に気づいた。

「タイトルが……」

「え？」

「レポートには全部、タイトルをつけないといけないんです。でも僕、タイトル……考えてなくて」

みのるは口に出してから後悔した。これではまるで「だから考えてください」と正義に迫っているように聞こえかねない。

だが正義は何も言わず、にこにこと笑っていた。

「そっか。じゃあ考えなくちゃね」

「はい。ええと……ええと」

みのるは考えた。正義がとても素晴らしいタイトルを投げてくれる前に、何としてでも自分で思いつかなければならなかった。もしここまで正義におんぶにだっこになってしまったら、申し訳ないという言葉では説明できない何かが起こりそうで、ぐでぐでした茹ですぎのうどんのような存在に自分がなってしまう気がして、それはとても怖かった。

みのるは顔を上げた。

「海の研究……」

「え?」

「う、海の研究、っていう、タイトルにしようと思います。『岡山の海と神奈川の海』だと、神奈川県の茅ヶ崎以外の場所にも調査に行ったような名前になるし……『貝殻の研究』だと、松の話がよくわからなくなっちゃうので」

しかし海の研究というのは、何だかもっと小さな子どもでも思いつきそうなタイトルに思われた。もう少し中学生らしいものを考えるべきかもしれない、しかし思いつかない、どうしたら、とみのるが考えているうち、正義は口を開いた。

「……みのるくん、すごいな」

「え？」

「俺、中学生の頃に、そんな風に消去法で考えられなかったよ。確かに、ぴったりのタイトルを考えるのって難しいけど、しっくりこないタイトルを潰していくと、いいのが出てくることもあるよね！　頭がいいんだなあ」

「そっ」

　そんなことないです、と最後までは言えず、ただ赤くなりながら、みのるは端末にタイトルを打ち込んだ。『海の研究』。あまりにもざっくりした題であるようにも思えたが、まあまあ無難である気がした。無難というのはお母さんの好きな誉め言葉だったので、みのるも無難なものが好きだった。服でも、味付けでも、レポートのタイトルでも。

　それを正義が褒めてくれたのが嬉しかった。

　レポートを印刷してチェックしたあと、みのるはレポートの中に入りきらなかったことを調べることにした。

　携帯端末に『シーグラス』と入力し、検索する。

　貝の名前を調べた時ほど多くの情報は出てこなかったが、どうやら歴史は古く、日本でも浦賀(うらが)にペリーが来航した時に捨てられた飲み物の瓶だと伝わるグラスなどがあるそうだった。オーストラリアでは百五十年前の黒いガラスのシーグラスが出ることがあり、高値で取引されるとも、それゆえに人造のシーグラスを『天然』と偽って売る店があるとも。

「何だか本当に宝石みたいだ……」

そう呟いた時、みのるはふと、茅ヶ崎の海で出会った香菜とはるとのことを思い出した。

宝石だって石ではある。だがそれを『大事なもの』にしているのは。

客観的な価値と、人の心。

二人はそう言っていたような気がした。正義がタコ焼きのたとえで教えてくれたことも、大体そういうことだったのではと、みのるは時間差で気づいた。

「……宝石って何なんだろう。『本当に宝石みたい』……本物の宝石……」

ぶつぶつ呟いて天井を見ている間に、みのるは勉強机で眠り込んでしまい、夕方になって気づいた時には背中に毛布がかかっていた。

「みのるくん、山室さんたちがお店に来てくれたよ。茅ヶ崎の海で会った、香菜さんとはるとさん」

ほらこれ、と言いながら、正義はみのるに携帯端末の写真を見せてくれた。

寄り添う二人は、以前リチャードから少し見せてもらった、赤いソファとガラスのローテーブルのある店の中にいるようだった。二人の前にはお揃（そろ）いのティーカップが並んでいて、淡い茶色の飲み物で満たされている。正義とリチャードの好きなロイヤルミルクティーである。

写真の香菜はシーグラスのペンダントを、黒い紐のぐるぐる巻きではなく、四本の爪のついた金地金で包んだようだった。隣に座るはるとは香菜のものとよく似たデザインの青い石のペンダントを手に持っていたが、みのるにはシーグラスには見えなかった。石でもないような気がした。

「これは……？　宝石……？」

「マザーオブパール。貝の裏側の、虹（にじ）色っぽくキラキラした部分があるよね。あれはすごく柔らかい部分なんだけど、加工してアクセサリーにすることもできる。そういう技術があるんだ。二人で一緒に選んでくれて、お揃いで身に着けることにしたって」

「へえ……」

「キラキラ青っぽく輝いてるのが見える？　これはラブラドレッセンスって言って、ラブラドライトっていう半貴石にも通じる現象が起こってこう見えているだけで、本当にこんな風に七色に塗り分けられてる石ってわけじゃ……ああ、ごめん。俺ちょっと喋りすぎたな」

「いいです、いいんです！　僕、正義さんの宝石の話を聞くのが好きです」

「ありがと」

正義は少し気まずそうにウインクした。気まずい時にウインクして様になるなんてさすがだなと思っているうち、正義は再びマザーオブパールの話をしてくれた。直訳で真珠の母。とはいえ真珠を育むアコヤ貝にのみ存在するものではなく、貝殻の内側の総称になっている。貝の生体と、生体に入り込んだ異物すなわち真珠を育む、大事な内側の部分のことである。非常に柔らかく繊細なので、マザーオブパールの加工には高度な技術が必要になるそうだが、正義はそれ以上詳しいことは喋らず、ラブラドライトやオパールなどの、七色に輝く宝石の仲間の話をしてくれた。

「高校になると物理で分子とか、分子の結合の話を聞くことがあると思うけど、その範囲を履修すると、どうしてこんな風に虹色に見えるものがあるのかもわかるようになるかもしれないよ。懐かしいなあ、俺もこの話をリチャードから教えてもらったんだよ。ははは……オパールにはいろんな記憶があるから、いろいろ思い出す」

正義は少し切なそうな顔をしたあと、はいこれでおしまい、と告げるように手を打ち合わせた。端末の中では今も、香菜とはるとが笑っていた。

みのるはどうしても、シーグラスのペンダントに目が行った。香菜が必死で探し出したものが、こんな風にきれいに守られていることが嬉しかった。同時に少し不思議だった。

「シーグラスは宝石じゃないのに、こういうことができるんですね」

「え？　あー、そうだな……以前、ペットの骨をペンダントにしたいから十八金で包んでくれってオーダーをしてくださった方がいらしたよ。それもヘッドは宝石じゃなかった。あとは時々、きれいな石を拾ったからこれをアクセサリーにしてほしいって人もいる。そういう石にも蛇紋岩(じゃもんがん)とか玄武岩(げんぶがん)とか呼び方はあるんだけど、その人は特にそういうことは気にしなくて、『ただきれいだから身に着けたい』って」

言われてみればそういうこともありそうな話だった。

みのるが頷いていると、正義は微笑み、話を続けた。

「人が装うことって、きっとそれだけで価値があるんだよ。どんな服やアクセサリーを身に着けたいかって、その人のアイデンティティが……つまり、その人が『どんな自分でいたいのか』っていう、セルフプロデュースみたいなものがバンと出る部分だろ。だからそういう部分の、一人一人のこだわりに寄り添えるんだったら、俺は何でも手伝いたいと思う」

「それで、香菜さんのオーダーにも応(こた)えたんですね」

「まあね。『絶対になくさないようにしたい』『ちょっと高そうに見せたい』ってオーダーだったから、こういう風にしてもらった。ダイヤで飾るって案もあったんだけど、香菜さんが嫌がって」

「ダイヤをつけたがらなかったんですか？　それは……いいことですか？」

「人による。シーグラスのほうが大事なので、バランスが崩れたら困るって。こういうところにも、やっぱりその人が考える『装う』ことが出ると思う。強いて言うなら、香菜さんがやりたくないと思うことをやらなかったのは、すごくいいことなんじゃないかな」

　やりたくないことをやらなかったのは、すごくいいこと。

　当たり前のことしか言っていないのに、みのるにはよく意味がわからなかった。だが正義がにこにこしているのと、写真の中の香菜がにこにこしているので、みのるも少し嬉しくなった。

　そして気づいた。

「あの……宝石や、石の装いを選ぶことは……タイトルをつけることと、似てる気がします」

「ん？」

「あ、えっと、あの」

タイトルとは、物事の全部を一言で表すワードであると。

現代文の先生がそう言っていた。全部を一言で表すワード。額縁のようなもの、とも先生は告げた。だから中身にフィットしていなければならないし、中身とてんで見当違いのものをつけるのは勿体(もったい)ないことだとも。

正義やリチャードが売買している宝石、アクセサリーなどは、身に着ける人にとっての『額縁』に似ている。

みのるにはそんな風に思えた。

だがそれをどういう風に言ったら正義に伝わるのかわからず、みのるは黙り込み、うーんうーんと唸(うな)った。もしここに良太がいてくれたら「考えたことを全部そのまま喋れよ」と言ってくれそうな気がしたが、みのるはそこまで大胆(だいたん)にはなれなかった。どうにか無難に伝えたかった。

みのるがまごまごしている間に、正義はいつもの優しい微笑みを浮かべた。

「思いついた時にまた教えてよ。俺、いつまでも待ってるから。シーグラスみたいに」

「……シーグラスみたいに？」

「待てば待つほど角がとれて丸くなるってこと」

正義はいいことであるように告げたが、みのるは怖くなった。角がとれて、丸くなる。

それは徐々に体積が減ってゆくということだった。正義が減ってゆく。そんなのは嫌だった。何でもいいから一刻も早く伝えたくて、みのるは口を開いた。

「大事な、ことを……ちゃんと、相手に伝えてくれるもの、ってところが、似てる気がします」

「大事なことを」

「はい。一番大事なことを……ちゃんと……」

結局みのるはそれしか言えなかった。だせーなー、という良太の声がどこからか聞こえてきそうで恥ずかしくてつらかったのだが。

正義は少しも、嫌そうな顔はしていなかった。それどころかどこか、ぼうっとしたような顔で、ただみのるの顔を凝視していた。

「……正義さん？」

「あ、ごめん。ちょっと感動しちゃって……みのるくん、本当に頭がいいね」

「えっ」

「すごいよ。俺、いつも感動させられてるよ。みのるくんはすごい。本当に、すごい」

「あっ、あっ、えっ」

正義は微(かす)かに涙ぐみ、そうだね、本当にそうだと、ひとり頷いていた。正義は何かとても大切なことを思い出すか考えるかしたようだった。

少し置いてけぼりにされたような気分もありつつ、みのるは自分がその手伝いができたことが嬉しかった。そして手伝いという言葉を想像したことで、連鎖的に一つ思い出したことがあった。

「正義さん、ぼく……グラタン作れるようになりたいんです」

「グラタン？」

「そうなんです……あの、今は、ハンバーグと焼き魚しか作れないので……」

みのるは正義の作ってくれるグラタンが好きだった。あつあつの白いソースの下に、鶏肉やかぼちゃやにんじんが入っていて、もちろんたっぷりのチーズとマカロニもかくれている。だが気温が上がってくるにつれてグラタンの日は減り、みのるのグラタン恋しさは募るばかりだった。なので自分で作れるようになりたかった。

そうすれば自分で楽しむだけではなく、ハンバーグを作った時のように、正義も喜んでくれる。

正義は最初、じゃあ俺が、と口にしかけたがその後黙り込み、ややあってからにっこり笑った。

「わかった！　じゃあ今日の夕飯に、さっそく一緒に作ろうよ」

「いいんですか。でも、夏なのに」

「いいっていいって！　夏だってグラタンは食べたくなるし、冬だってアイスは売れるよ。そうだ、冷凍のホタテとエビがまだ残ってたよな。これにベシャメルソースを加えて……」

「べしゃめる……」

「そうそう。ホワイトソースの名前なんだけど、この作り方を覚えるといろいろ応用がきいて」

料理の好きな正義は、面白い名前のソースの説明をいきいきと始め、みのるを愉しませてくれた。そして夕方になるまでまだしばらく時間があるので、ちょっと遠くのスーパーまで車で買い出しに行き、グラタンに入れたいものを全部買ったらいいんじゃないかなと提案してくれた。みのるは嬉しくなりつつ、ふと考えた。

香菜とはるとは、今日の晩に一体何を食べるのだろうと。

不思議だった。茅ヶ崎の海で一度会っただけの相手である。だがその後二人が銀座の店にやってきたという話を聞くと、みのるは何故か二人のことが十年前から隣近所に住んでいる親しい人たちのように思えた。完全な錯覚で、もしお母さんにそんなことを話したら「周りの人はみんな敵」理論で、どうかしているのではないかと思われてしまいそうだったが、みのるはそれが嬉しかった。

心の中に、つい最近まではまるで知らなかった人々が、ふと存在している。もちろん本当に親しくなったわけではない。壁にお面がかかっているようなもので、実際に役に立つものではない。それこそ。

心の中に一つ、宝石のついた首飾りをさげたような。

正義とリチャードが扱っている『宝石』というものは、一体どんな存在なのだろうと、みのるの心の中の疑問が、もわりと存在感を増した。

case.3 紅珊瑚と関羽

八月。

みのるは一日一日と、バツ印が増えてゆくカレンダーを見ていた。大きな壁かけ用は正義が夏休み用にと手に入れたもので、マス目の中にみのるが片付けた宿題や、遊びに行った場所などが、ボールペンで記録されている。予定表にもなっていた。

八月のマス目には『関帝誕』という文字があった。

関帝誕とは、関羽という商売繁盛の神さまの誕生日を祝う祭りで、毎年旧暦の六月二十四日に執り行われる。正義曰く、旧暦とは現行のカレンダーに用いられているグレゴリオ暦とは異なる、月の満ち欠けに準拠した暦のことだそうだった。グレゴリオ暦と旧暦の間には当然ズレがあり、ゆえに『旧暦の六月二十四日』は年によって日付が変わる。みのるには面倒くさい話に思えたが、人の誕生日を勝手に動かすわけにもいかないというのも、もっともな話である。

カレンダーの下に置かれたA4サイズのポリケースを、みのるはなんとなく見下ろした。『終わらせた宿題はやりとげたボックスの中に積み重ねてゆく』作戦の一環で、みのるの宿題たちが誇らしげに眠っている場所である。中学生の夏休みには、小学校時代からすると信じられないほどたくさんの宿題が課されたが、みのるはそれをびっくりするようなスピードで終わらせていた。七月の終わりまでに、数学と英語のドリルが半分、自由研究が茅ヶ崎のビーチで終わってしまったのである。毎日ほぼ交替で勉強を見てくれる、正義とリチャードの力に他ならなかった。信じられないほど楽しい夏休みである。

海遊びをする最中、リチャードはみのるに微笑み、告げた。

正義がとても楽しそうです、あなたに感謝します、彼はあなたと遊べることが嬉しくて仕方がないのでしょう、もちろんそれは私も同じではありますが——と。

僕もすごく、すごく、すごく嬉しいですと、みのるはその時にちゃんと言いたかった。リチャードだけではなく正義にも伝えたかった。だが言えなかった。

もしも、そう伝えた時に正義が、少しでも困った顔をしたら、嬉しくて仕方がないという言葉がただのうわべの言葉だとわかってしまったら、あまりにも悲しくて立ち直れない気がした。

関帝誕の祭りまであと一週間ほどとなった時、みのるは久々に林くんから電話連絡を受けた。それまでにも三日に一度ほどの頻度で、みのるは林くんと電話していたが、それはただの日常会話で、宿題にまつわる話はスルーされていた。だが今回は違った。

林くんは泣きそうな声をしていた。

『みのる、俺は、だめだ……現代文、全然だめだ……』

数学や英語はわかるという。だが日本語の読み書きになると、とても難しいと。もちろん漢字には中国語読みが存在するので、林くんも問題文の大体のところを理解することはできるようだったが、問題を正しく理解するためには、それでは足りない。

みのるは思い切って提案することにした。

「林くん、正義さんのうちに……僕のうちに、遊びに来ない？　一緒に宿題しよう」

『……ありがとう。でもそれは、駄目だ』

「え？」

『父に止められている。中田老師にこれ以上頼るのは失礼と。中田老師はまだ若い。仕事をいっぱい頑張りたい年齢のはず。そういう人に俺みたいなやつの面倒を見させるのは、よくないと』

みのるはすうっと、自分の胸が冷えてゆくのを感じていた。

確かに中田正義はまだ若い。何でも自分のやりたいことをやれる年齢かもしれなかった。そういう人間が、みのるという、ある意味ではお荷物としかいえない存在の面倒を見ている。父親が同じ兄弟であるとしても、特にそんなことをする必要はないというくらい、丁寧に、優しく、不自然なことに思えた。

『みのる？　どうした。黙り込んで』

「な、何でもない。でも、そっか。お父さんが駄目って言ってたら、来にくいよね」

『ああ。でもお前と遊ぶのは問題ない。二人で遊ばないか。どこかの公園でもいい』

「いいよ。でも僕そんなに、勉強教えられないよ」

『大丈夫。クラスのやつは誰でもみんな、確実に俺より頭がいい』

　林くんは笑い、みのるもつられて笑ったが、やはり変な気持ちがした。林くんはみのるよりずっとしっかりしていた。みのるなら言えそうもないはっきりした自分の意見を持っていて、電話口ではよく聞かせてくれた。みのるには林くんのほうが自分より明らかに『頭がいい』ように思えた。

「……林くんは何で、学校では全然日本語を喋らなかったの？　電話ではいっぱい話してくれるのに」

『俺の日本語は、下手だからだ。からかわれるからだ』

「林くんの日本語はすごく上手だよ！」

『それはお前が優しいからだ。やはり俺の日本語は変。変なところが多い。ヒロシにも習っているが、かんぺきじゃない。そういう言葉を得意っぽく話すのは、醜い』

「醜いって……それは言い過ぎじゃない？」

『かもしれない。いや、好きじゃない、と言い直す。どのみち、俺の日本語はだめだ』

　二人は二日後に、図書館で勉強会をすることにした。それで電話は終わりだった。いつもの『再見(ザイジアン)』という挨拶(あいさつ)が、みのるには少し空(むな)しく響いた。

約束の日の午前十時。みなとみらいにある大学付属の図書館前で、みのるは林くんを待った。大学生以外も利用可能な建物で、二階には話しながら勉強できるスペースもある。利用料はかからない。みのるは数学のドリルを、林くんは現代文の宿題の読書感想文を片付ける算段だった。

大きな図書館を見上げていると、おーい、という声が背後からみのるを呼んだ。

「林くん！　……と？」

みのるは戸惑った。林くんの後ろに、背の高い若い男が一人控えている。

男は無表情に喋った。

「初めまして。ヒロシです」

Kポップのアイドルのような風情(ふぜい)の男は、ダークブラウンの髪のツーブロックに、サイケデリックな柄のシャツと、紫色のパーカーを合わせていた。右の耳には銀色のフープピアスが光っている。下半身はダメージの入ったジーンズ。繁華街でたむろしている人のような雰囲気だったが、左手の薬指には指輪をしていた。

どんな類の『ヒロシ』なのか、みのるには皆目見当もつかなかった。

林くんは迷惑そうに顔をしかめたあと、それでもちょっと得意げな顔をした。

「電話で話したやつだ。アルバイトのヒロシ。日本語がうまい。時々しか店に来ないが」

「林さんにはお世話になってます。今日は坊ちゃんが勉強するそうなのでついてきました。子ども二人で遊ばせるのも心配なんで」

「ハ！　俺たちはもう十三歳だ。子どもなんて言われる歳じゃない」

「はいはいそうですね。で、今日は何をするんですか。ちゃんと勉強しましょうね」

どうやら林くんは見張り番をつけられたようだった。もしかしたら勉強なんてせず、二人でずっと話して盛り上がってしまうかもしれないと、みのるは少しわくわくしていたが、ヒロシと、恐らくはその背後にいる林くんのお父さんは、そのコースを望まないようだった。

図書館の二階、いつも取り合いになっているワーキングスペースには、ありがたいことに一つだけ空きがあった。三人で陣取ってまずは国語の感想文を作成する。林くんの苦手な科目にフォーカスしたコースだった。

「そもそも『現代文』とは何だ。俺が現代使っている文章は中国語だ。日本にいるから日本語を学んでいるが、俺の母国は中国だからな」

「そりゃあそうでしょうが、日本のテストでもいい点は取りたいでしょう。ほらすごい。みのるくんはきちんとひらがなもカタカナも漢字も書けている」

林くんはぐうっと唸(うな)った。日本で生まれて日本の小学校に通うみのるは当たり前にひらがなもカタカナも漢字も書くことができたが、林くんは漢字以外の二つが苦手で、時々左右が反転したり、なんともいえない中間字のようなものを生み出していた。テストでは減点要素になってしまう。林くんはうらめしげにヒロシの顔を見た。

「……お前、どうやって文字を覚えたんだ」

「単語カードですかね。そんなに深刻になる必要はないですよ。カタカナもひらがなも、それぞれ四十六文字ずつしかないんですから、一つずつ覚えていけばいつかは全部覚えられます。漢字は坊ちゃんの得意分野でしょう。余裕ですよ」

「お前は頭がいいからそんな風に言えるんだ。ちゃんと敬語も使える。俺は敬語が苦手だ。友達と話す感じの日本語しか使えないのは困ると父に言われた。でもできない。俺は駄目だ」

「千里の道も一歩から、ですよ。俺の年下の友達はゲーマーだったので、ゲームで日本語をばりばり覚えてましたね」

林くんがそれでもむくれていると、ヒロシは急に言葉を中国語に切り替え、みのるはぎょっとしたが、林くんは慣れているようだった。隣にいた人がいきなり日本語ではない言葉を話し始めるのには、正義とリチャードで慣れているつもりだったが、今でもびくりとしてしまうのは変わらなかった。

　林くんは最初、嬉しそうな顔をしたが、その後また悔しそうな顔になった。

「どうしたんです、坊ちゃん。さっき日本語で言ったことを、中国語で繰り返しただけですよ」

「……ヒロシは頭がいい。だが面倒くさがりで、宿題はあんまり教えてくれない。お前がもっと優しくて面倒見のいいお兄さんだったらよかったのに。中田老師のような」

「妻子持ちは暇じゃないんですよ。あと遠まわしに『優しくない』とかディスるのやめてください。ほら、感想文を書いた書いた。書かなきゃ添削もできないでしょう」

　林くんはしぶしぶ原稿用紙に向かった。日本語の本を読んで感想を書くのは難しいので、中国語の本で感想文を書くことにしたらしく本を持参している。しかしそうすると本文を参考にした作文ができない。林くんはいばらの道を進んでいた。

　自分には一文字も読めない本の表紙を見つめながら、みのるは首を傾げた。

「これ、どんな本なの？」

「小説だ。アメリカの作家の本。両親が弁護士の少年が、あー、弁護士を目指していて、法律に詳しくて、うー、クラスメイトの問題を解決してやる。主人公がとてもかっこいい。そんな話だ。作者は大人向けの本も書いている作家で、ほら、ここに名前が書いてある」

みのるはまじまじと作者名を見た。

『約翰・格里森姆』。いっそ文字化けのようだった。

みのるが文字とにらめっこをしていると、えへんとヒロシが咳をした。

「坊ちゃん、今の言葉をそのまま原稿に書いてみましょうよ。そうしたら原稿用紙一枚分くらいにはなります。まだ白紙でしょう」

「書けない！　俺は喋れるけれど書けないんだ」

「書けます。俺が手伝いますから」

「……ヒロシは暇な時しか手伝ってくれない」

「ヒロシは暇な時には手伝ってやりますよ。今日は暇です」

林くんはちょっと困ったような顔をしたあと、おかしそうに笑った。大きなお兄さんに甘える弟のような仕草だった。だがヒロシに頭を撫でられると、恥ずかしそうな顔をしてはらいのけた。

「馬鹿にするな。もう十三歳だ」

「ふーん」

からかいつつ包み込むような声色に、みのるは何だか嬉しくなり、口を開いていた。

「……ヒロシさんは、僕の知り合いの大人に、ちょっと雰囲気が似てます」

「へえ。どっちに？」

みのるがきょとんとすると、間違えましたとヒロシは首を横に振った。

「俺もそこまで日本語が得意じゃないみたいです。誰に？　俺は誰に似てるんですか？」

「えっと」

中田正義とリチャード、ヒロシはどちら似だろうとみのるは考えた。頭がいいところはどちらにも似ている気がしたが、ずばずばものを言うところはどちらにも似ていない。でも優しいところは両方に似ている。強いて言うのなら。

「……あの、中田さんっていう人に、似てます」

「そっちか」

「え？」

「何でもありません。でも褒められたのはわかります。大切な人に似ているなんて言われるのは光栄ですね。でもそれはそれとして、みのるくんも頑張ってください。うちの坊ちゃんだけ宿題を頑張るんじゃ不公平ですからね」

「は、はい！」

ひいひいと呻(うめ)きながらも林くんは原稿用紙を一枚半埋め、みのるも数学のドリルを数ページ仕上げた。林くんとヒロシは八割がた中国語で話していたが、それでもシャープペンシルの先から出てくる言葉は日本語なので、何だか不思議な光景だった。壁もアクリルボードもないのに、交じることができない世界が、確かにみのるの目の前にある。

ひょっとして林くんたちは、いつもクラスでこういう気持ちを味わっているのかもしれないと思った時、みのるは自分が林くんのことを何もわかっていなかったことに気づいた。林くんが置かれているのは、寂しくて、自分は頭が悪いんじゃないかと無暗に考えてしまう空間だった。

ふと気づいて、みのるは声をあげた。

「……ねえ、林くん。この本、アメリカの作家の本なんだよね。もしかして図書館に日本語版があるかも……この作者名は何て読むの？　もりはは？」

林くんはかっこいい横文字の発音で何かを告げた。よくわからずにみのるがきょとんとしていると、ヒロシが言い直してくれた。

「日本語っぽい英語の発音をすると、ジョン・グリシャム。本のタイトルは、少年弁護士のテオか、セオですかね。みのるくん、冴(さ)えてますね。調べましょう」

三人は荷物をまとめ、二階の個室から出た。書架には小説や専門書ばかりではなく、子どもの本も並んでいる。レファレンスカウンターに向かったヒロシが、流暢な日本語で質問するとすぐにエプロンをかけた司書が三人を案内した。

　果たして本はあった。ヤングアダルトコーナーの棚に、さも当たり前のように。

『少年弁護士セオの事件簿』。これだ！　でかしたヒロシ！」

　みのると林くんが笑い合っていると、ヒロシはすいと本の背表紙に長い指をかけ、取り出した本を林くんに差し出した。

「坊ちゃん、これを借りていきましょう」

「は？　なんでだ」

「対訳文を読めるからです。中国語の文章も日本語の文章も、もとは同じ英語なんですから、わかりやすいテキストになってくれるはずですよ」

「……俺は中国人だから、本が借りられないかもしれない」

「そんなわけないと思いますが、まずは問い合わせてみましょう」

　三人は再びカウンターに向かった。本は当たり前のように貸出可能だった。林くんはびっくりしていた。図書カードを作る際に、自分は中華街に住んでいるのだがと告げても、司書は特に驚きもしなかった。

「図書カードさえ作っていただければ、図書館は自由にご利用いただけますよ。ただ、借りに来てくださる方は、それほど多くはありませんが……そもそも図書館には日本語の本しかないと思われている方も多いようで」

「は？　中国語の本もあるのか？」

「坊ちゃん、『あるのですか』」

「わかってる！　あるのですか？」

　ありますよと司書は笑い、このあたりとかこのあたりとか、とフロアマップを指さして教えてくれた。図書館から引き上げる前に実際に確認に行くと、確かにかなりの量の外国語の本が存在した。中国語以外の本もあるが、大部分は中国語である。中学生どころか三、四歳の子どもの読むような可愛（かわい）い本もあり、みのるは微笑んだ。林くんも気づき、ぱっと明るい表情になった。

「みのる、普通話を勉強したいのか？　俺が先生になるぞ！　みのるも俺の日本語の先生のようなものだしな。恩返しだ。あ、この本はいいぞ、一、二、三から教えてくれている。読み方はイー、アル、サンだ！」

「お静かに、坊ちゃん。このコーナーはお喋り禁止です」

　三人は図書館を去り、大通りまで歩いたところで別れた。

　中華街へと続く、極彩色で塗られた門が、みのるには異世界への入り口のように見えた。

「みのる、またなー！　関帝誕を楽しみにしてるぞ」

「みのるくん、今日はありがとうございました。うちの坊ちゃんをまたよろしく」

二人は並んでみのるに頭を下げ、去っていった。

「…………」

みのるは急に寂しくなった。

寄り道をしてから帰ることにして、みのるはベーカリーに向かった。今ならまだ、山手(やまて)本(ほん)通りの下にある個人経営の店に、正義の好きな丸パンが残っているかもしれなかった。歩いて十分もかからない距離である。

瀟洒(しょうしゃ)なベーカリーの扉に、みのるが駆け寄ろうとした時。

「きゃっ」

「ご、ごめんなさい」

みのるは店を出てきた人とぶつかった。あまりにもたくさんの荷物を持っていて、まるで前が見えていない人だった。全てパンである。爆買いにも程があった。

「こういうのを『前方不注意』っていうのよね。ＦＰＳだったら即死だわ。草ね」

声を聞いたあと、女性の顔を見たみのるは驚いた。金髪碧眼(へきがん)のお人形のような女性だった。くるくるの巻き毛を背中まで垂らし、赤いスカーフをヘアバンドのように結っている。

生まれついての貴族とでもいうように、いつの間にかみのるに全ての荷物を持たせていた女性は、黒のTシャツと細身のジーンズをぱんぱんとはらい、優美に微笑んだ。

「私のパンを持ってくださってありがとう、小さな紳士さん。ついでだからタクシー乗り場まで運んでくださる？」

みのるは言われるがまま、細い通りで気まずそうに待機しているタクシーにパンの包みを運んだ。後部座席の右半分には既に幾つもの買い物袋が置かれており、金髪の女性は楽しそうに左側に座った。みのるは右側の扉を開けて、他の荷物を潰さないようにパンを置いた。

女性はスマートフォンで電話をかけ始めていた。

「もしもしヴィンス？　お買い物は終わったわ。迎えに来てくれる？　子守りはどう？……これから厨房のシフト？　何やってるのよ……ええ、もう私だけのあなたじゃないのはわかってるわよ。ふん。元町ストリートでお買い物してるから、迎えに来られそうな時に連絡して。それじゃあ。……運転手さん、車を出していいわ。荷物持ちさんもありがとう」

「…………」

タクシーは去り、さよならの一言を言う暇もなかった。

生きているといろんな面白いことや変わったことがあるんだなあ、としみじみしながら、みのるはひとつだけ残っていた丸パンを購入し、長い階段をのぼって家に帰った。

関帝誕の日は快晴だった。これから訪れる殺人的熱波を予想させる蒸し暑さではあったが、何とか保冷グッズなしで耐えられるギリギリのラインである。

「十一時くらいになったら、獅子舞の見物をしながら福新酒家に行こうか」

「はい」

福新酒家というのが、林くんのお父さんの店の名前だった。酒家というからにはお酒が出るのかとみのるはたじろいだが、中国語の酒家という言葉には、居酒屋だけではなく飲食店という意味もあるそうで、子どもが入っても特に問題のない場所だそうだった。

正義もリチャードも、今日の格好は仕事に行くようにかっちりとしたものだった。みのるも制服の白いシャツで行こうと思ったが、中華料理を食べるのに白いシャツは自殺行為ではと思い直し、正義に買ってもらった茶色っぽいオレンジのシャツにした。ボタンがこげ茶で、ちょっとおしゃれすぎて持て余していたが、料理が少しはねても誤魔化せそうな色なのでちょうどいい。

龍の行列がお店から見えるので是非そのタイミングで来てほしい、十一時がいいと、林くんのお父さんは息子を通してみのるに伝え、みのるはそれをきちんと正義とリチャードに伝えた。

山手本通りから丘を降りて、山下公園通りをホテルニューグランドのあたりまで歩いて中華街へ入ると、『福新酒家』という看板がすぐ目に入った。中華街には目の覚めるような外観の料理店がたくさんあるが、福新酒家はお世辞にも大きくも派手でもなかった。だが店構えは清潔で、とても感じがよかった。赤い文字でメニューが書かれた窓ガラスはぴかぴかで、中に見えるテーブルや椅子も綺麗に並んでいる。だがお客さんの姿はない。

「……営業してますよね？」

みのるが少し、中を覗き込むと、料理人服の男性がいきなり走り出てきた。店の奥から外の様子を見ていたようだった。

「中田老師！　ようこそいらっしゃいませです！　私、林威二！　お電話しましたね！ようこそ。ようこそ。大歓迎」

飛び出してきたのは林くんのお父さんだった。肉付きの豊かな大きな体で、腕まくりをした腕には筋肉がむっちりとついている。正義と林くんのお父さんは早口言葉のような中国語で話し、抱き合い、話し、また抱き合った。この人は誰ですか？　と、林くんのお父さんはリチャードのことを問い、正義が何事かを答えると、アアーと驚いたような顔で叫び、頷(うなず)いた。そして正義とリチャードに深々と頭を下げ、最後にみのるのことを見た。

「こんにちは。息子の友達。ありがとう。いつもありがとう。本当に感謝」

「こちらこそ、林くんに感謝してます。いつも一緒に遊んでくれて嬉しいです」

林くんのお父さんは、ちょっとよくわからないという顔をしたが、正義が何かをぺらぺらっと話すと嬉しそうな顔をした。

明らかに、林くんのお父さんは息子よりも日本語が不得手だった。

三人は店の窓際の大きな丸テーブルの席に通され、水が出てきて、お茶が出てきて、気づいた時にはテーブルいっぱいに蒸籠(せいろ)に入った料理が並んでいた。

「いっぱい食べて！　いっぱい食べて！　足りなかったらすぐ言って！」

これは全部で幾らくらいするんだろうと、昔からの癖でみのるは考えてしまった。もう支払いの心配をする必要はない生活をしていたが、公共料金の振り込み担当者としての人生も送ってきた手前、物事には何でも金がかかるという原則を忘れることはできなかった。

カキの味がする半透明のとろっとしたスープ、黒っぽい茶色のチャーハン、麻婆豆腐(マーボーどうふ)、野菜の炒(いた)め物が三種類、白いマヨネーズ様のソースと赤いつぶつぶで覆(おお)われた大きなエビのむき身、バラの花のようにゆるっとカーブした包み目の小籠包(ショーロンポー)、たっぷりのもやしとイカで覆われたパリパリした焼きそば、チャーシューの入ったラーメン、磯の香りがする青ノリをまぶしたラーメン、燃えるようなオレンジ色の担々麵。一度に全ての料理をテーブルに載せることはできなかったので、食べても食べてもあとから新しいお皿が出てきた。お店まるごとが夢のような世界だった。

お腹がぱんぱんになるまで食べ、下手に動いたら大変なことになりそうな予感にみのるが震えていると、林くんのお父さんは再び店の奥から出てきた。正義が立ち上がり、抱き合って握手をする。リチャードも同じように倣った。

林くんのお父さんは白い帽子を握りつぶし、嬉しそうに微笑み、思い出したように声をあげた。

「浩然！　何してる！　来、来！」

浩然くんを呼んでるみたいだ、と正義が呟いた。え？　という顔をみのるがすると、リチャードが引き取った。

「ハオランというのが彼の名前の本来の響きです。日本人に発音しやすいように、学校では浩然と名乗っているようですが」

リチャードがみのるにそう告げた時、店の奥から林くんが出てきた。ものすごく恥ずかしそうな顔で、見たこともないほど真っ赤っかの、刺繡入りのポンチョのような服を着ていた。

「中国の伝統衣装ですね。いわゆる『漢服』かと。最近は若者の間で流行しているとか」

リチャードがそう呟き、恐らく同じことを中国語で告げると、林くんと林くんのお父さんは揃ってアイヤーと叫んだ。みのるはまたひとつ言える中国語が増えたなと思った。今度何か驚いたことがあったらアイヤーと言ってみたかった。

「リシャドさんは、ほんと、物知り」

「父さん！　リシャドじゃなくて、リチャードだ」

「お気になさらず。どちらにせよ英語の発音とは微妙に異なります」

林くんのお父さんはその言葉にほっとしたようだったが、林くんは不満そうな顔をしていた。だが思い出したように背筋を伸ばし、三人にぴしっとお辞儀をし、喋り始めた。

「中田さん、いつも僕たちを助けてくださり、誠にありがとうございます。お店に来てくださって、父も、僕も、とても嬉しいです。これからも、どうぞよろしくお願い致します」

みのるは笑いそうになった。自分のことを『僕』と呼ぶ林くんは、いつになく神妙な顔をしていた。正義はくしゃっと顔を歪めて笑った。

「こっちこそ会えて嬉しいよ。元気？　リチャードに会うのは初めてだよね」

そこで林くんは初めてリチャードの顔をまじまじと見たようだった。一瞬ぽかんとしたあと、林くんはぼそぼそと、芸能人？　と呟いた。正義は笑った。

「俺の上司で恩人で友達。あと、俺の中国語の先生でもある」

林くんのお父さんが、何事かを早口の中国語で伝え、林くんは目を剝いた。何を言ったのだろうと思っているうち、民族衣装の林くんがみのるに突撃してきた。目元の赤い化粧が格好よかった。

「お前、この人とも一緒に暮らしてる？　三人家族？」

「か、家族じゃないけど、一緒に暮らしてはいるよ」

「ちゃんと優しくしてくれるのか」

「う、うん！」

「すごいな！　お前は何カ国語も勉強ができる上、お金にも困らない。ラッキー。ベリーラッキーだ。世界一幸運な中学生だぞ」

「…………うん……」

でも林くんみたいに、本物のお父さんとずっと一緒にいることはできないし、それどころか顔も見たことがないんだよ、とみのるは喉から言葉が出かけ、すんでのところで飲み込んだ。林くんに言ってもどうしようもないことだった。そして林くんの言葉を、どこかで嫌味に受け取ってしまっている自分が、みのるはとても嫌だった。

自分には正義がいるのに、世界で一番ラッキーな中学生と言われても「確かに」と思えるくらい恵まれた暮らしをしているのに。

昔と変わらずどこかでみのるが望んでいるのは、本当のお父さんに会うことだった。顔も知らない、『しめのひさし』というお父さんに会いたかった。ただそれは流れ星に祈るようなレベルの現実味のない願いで、どちらかというと今のみのるがより切実に願っているのは、お母さんにまた会うことだった。

入院しているお母さんに会いたかった。

今どうしているのか、みのるの成績がよくなったことを知っているのか、それを喜んでくれているのか。お母さんについて知りたいことは山ほどあった。だがわからない。

中田正義は、みのるに間違いなく言ったほうがいいと判断したことであれば、何でも言ってくれる大人だった。無駄な出し惜しみをする人間ではない。それがお母さんの話をしてくれないということは、そういうことであるはずだった。いい知らせがないのである。

それでもみのるはお母さんのことが知りたかった。

だが正義にそんなことを伝えるのは、ひどい裏切りのように思えた。

林くんのお父さんはリチャードの両手を握り、早口で何かを話していた。そしてリチャードが何事かを告げると、弾かれたように店の奥に走っていった。

どうしたのだろうとみのるが思っていると、林くんは呆れた顔をした。

「あの人は、宝……を？　売ったり買ったりしている、商売人……？」

「うん、宝石商だよ」

「ほーせきしょー、と言うのか。理解した。父はきっとあれをあげると言うだろう」

「あれ？」

答えを与えるように、林くんのお父さんは弾丸のような速度で戻ってきた。手には何か、小さな白い袱紗の包みを持っている。

リチャードの前で、林くんのお父さんは包みを広げた。白い袱紗はホコリや汚れがたくさんついていたが、中身はとてもきれいだった。

人間の形をした、深い紅色の像。キーホルダーにするのにちょうどいいような、手のひらサイズの人形。

宝石——というより、宝飾品、といったほうが正確になりそうな品物だった。林くんのお父さんは笑って、リチャードの手に人形を握らせようとしていた。

「これ、関羽さま。きれいな関羽さま。差し上げたい」

リチャードはいただけませんと固辞していたが、林くんのお父さんも頑張っていた。ぜひ差し上げたい、ぜひ、ぜひと、不自由な日本語で迫るのは、中国語で言い合いにならないためではなく、相手の言葉がわからない人として通したいためなのかもしれないとみのるは思った。言葉にはいろいろな使い方がありそうだった。

林くんのお父さんは胸を張って喋った。

「私、日本語下手。わかってる。息子も日本語うまくない。知ってる。私日本語の先生なれない。だから誰か先生ほしい。そういう時、みのるくん、中田老師、リシャド老師あらわれた。三人とても親切。これ神さまの采配。私わかる。私の息子とても優秀。非常優秀。大きな男になる。これはそのためのステップ。私息子に頭よくなってほしい。日本語ペラペラ、英語ペラペラ、テストというテスト、オール満点！」

「やめろ！　つまりそれ、中田さんたちに俺の面倒を見ろと言ってるんだろ。そういうのはよくないって、父さんが俺に言ったのを忘れたのか。やめろ。迷惑だ。ほんっと迷惑。父さんは日本人の感覚がわかってない。そういうのは面と向かって頼んだりしないんだ」

「じゃあどうしろと言う！　お前頭悪い！　よくなりなさい！」

「頑張ってる！　俺も頑張ってるんだ！」

料理店の空気は再び張りつめていた。どうしたらいいのか、一体どうしたらと、みのるは自分にできそうなことを必死で考えたが、何も思い浮かばなかった。

「お待たせしましたー。ご注文の桃饅頭（ももまんじゅう）、三人前です」

店の奥から、新たな顔がフロアに入ってきた。エプロンをつけたアルバイトである。

「いえ、特に頼んでは……え？」

「おや……？」

正義とリチャードは頭を巡らせ、即座に固まった。みのるにはわけがわからなかった。

ただヒロシが、エプロンをつけて、蒸籠を運んできただけなのに。

ポップスターのように整った眉を、ヒロシはとぼけた様子でひょっと上げた。

「注文してないすか。じゃあサービスなんで、適当に食べてください」

「ヒロシ！　お前のシフトは今日じゃないだろ。引っ込んでろ」

「厨房に来たらフロアから口論が聞こえたんですよ。坊ちゃんが強盗に襲われてたら困るでしょ。一応俺は用心棒でもありますし」

「『ヒロシ』……？　って何ですか……？」

「深い意味はありませんよ、中田老師。パスポートに書いてある俺の名前は梁文博（ライウェンボー）なんで、『博』つながりでヒロシ。ここは香港（ホンコン）でもアメリカでもないですから、ヴィンスじゃ逆に呼びにくいでしょ」

「何故（なぜ）あなたがここに……？」

「福新酒家のオーナーはフィリピン系華僑で、マリアンの姉の婚家の遠縁の親戚。人手が足りないそうなので、まあ暇な時間には顔を出そうかと。要するにバイトです」

みのるには今一つわからなかったが、ヒロシは正義とリチャードの知り合いであるようだった。だがそれ以上説明はせず、ヒロシは林くんに向き直った。

「坊ちゃん、あなたの言っていることはとても正しいですよ。中田さんもリチャードも面倒見のよさがヤバいです。こいつらは『助けて』と言われたが最後、幾らでも助けようとしますからね。タイタニック号の沈没後の海に浮かぶ貴重な板切れも、ちょっとためらってから譲るでしょう」

でもね、とヒロシは続けた。林くんは半分くらいわかっていないようだったが、ヒロシは穏やかに話し続けた。

「気遣いなんてものは、大人の世界の道具ですよ。坊ちゃんは十三歳でしょ。十三歳の子どもが大人に気を遣ってどうすんだよ、馬鹿じゃねーの、と昔の俺なら言いそうです。使えるものは何でも使って、使い倒してください。あと大人って、子どもに頼られるだけで、何だか嬉しくなるものですよ。つけこみましょう」

「……俺はヒロシにもいっぱい頼っている。そういうのはやっぱり迷惑に」

「そんなわけないでしょ。俺も大人です。それに俺は坊ちゃんが好きなんですよ」

ヒロシがにやっと笑うと、林くんは目をうるっとさせた。みのるは少しほっとしていた。ヒロシはやっぱり正義やリチャードに似て、とても優しかった。

そしてヒロシは、くるりと林くんのお父さんに向き直った。

「林大人(たいじん)」

そして言葉を中国語に切り替え、ヒロシは早口に喋った。正義は通訳してくれなかったが、林くんに話しかけていた時よりも語調が鋭く、イントネーションは上がり下がりし、そのたび林くんのお父さんは小さくなっていった。だが最後には、ヒロシは物わかりのよさそうな温かい声になり、林くんのお父さんと二人で頷き交わし、話を打ち切った。最後には心が通じ合ったらしい。みのるがちらりと横目で見ると、何故か林くんも涙ぐんでいた。

ヒロシは最後に、全員のほうを見てから、無言で正義に向き直った。

「というわけで、関羽さまは受け取っておいたほうがいいですよ、中田さん。これはいわゆる『胡渡珊瑚(こわたりさんご)』、中国に入ってきた地中海産の珊瑚が、後に日本に伝来した品物ってことになりますが、今時なかなかここまで良質なものもないでしょう。奈良県の正倉院(しょうそういん)なんかにしまいこまれてる品物の親戚ってことになるかもしれませんね。みのるくんは正倉院ってわかりますか。坊ちゃんの話では、社会の授業で習ったそうですが」

「そ、それは覚えてます。聖徳太子とかの時代で……」

「聖徳太子は飛鳥時代だったはずなので、ちょっとずれますがまあそんな感じです。いわゆる奈良時代、天平文化の時代に作られた宝物殿のことですね」

みのるは自分があまり驚いていないことに驚いた。ヒロシは日本人ではなく、海外で生まれ育った人間である。中学校で正倉院について習うことは、おそらくない。しかしそれでもヒロシはきちんと天平文化というテストに出てきた言葉まで知っていて、みのる以上によく知っていた。イギリス生まれだが日本の古典の本を何冊も持っているリチャードのように。

「この倉の中に収められている宝物の中にも、珊瑚を用いた細工品は存在します。まあそれもそうで、正倉院の歴史は七五〇年くらいから始まるはずですが、珊瑚細工の歴史はもっと古いんです。紀元前にローマっていう今でいうイタリア半島のあたりで活躍した学者さんも、貴重な品として珊瑚のことを記述していますし、なんなら聖書の中にも『知恵のほうが珊瑚より大事』的な文脈で出てくる場面もあります。ああ、そろそろ眠くなってきましたか？」

「そ、そんなことないです！」

ならよかったですとヒロシは笑い、くるりと振り向いて正義を見た。

「どこかの宝石商なら一般常識みたいな蘊蓄はさておき、一番大事なことは、この珊瑚には感謝の念が山ほどこもっているってことです。それから言うまでもないことですが、別に契約書ってわけでもない。ただの宝飾品です。それを受け取ったからって、お前らが坊ちゃんの面倒を見なきゃならないなんてことにはならない。ただの感謝と、『よろしくね』って気持ちの塊だからな。だから、受け取ってくださいよ」

ヒロシは正義を見ている時には敬語で、リチャードを見ている時には敬語なしで喋った。日本人でもなかなかできないような器用な真似をするヒロシは、明らかに二人と親しかった。少なくともみのるよりは。

リチャードはやれやれと首を振った。

「……あなたに言われてしまうと弱いですね。では、アルバイトのヒロシさまに免じて」

「うん」

小さな赤い人形を受け取ると、正義とリチャードは林くんのお父さんと交互に、かたく握手を交わした。そして本当に、やっぱり、記念撮影をした。誰かが撮影役をしなければならなくなったらきっと正義がやりたがるだろうから、代わりに自分が立候補しようとみのるは思っていたが、林くんのお父さんはスマホを立てる三脚を持っていた。もちろんセルフタイマー機能の使い方も知っていた。

「サン、アルッ、イー！」

ああこれは三、二、一だと思いながら、みのるはぎこちない笑顔を作った。前列右端で、隣には林くんがいて、林くんを挟んで反対側にはしゃがんだヒロシがいた。後列では正義の左右に、林くんのお父さんとリチャードが立っている。

写真の共有が終わった頃、ジャンジャーン、という不思議な楽器の音が聞こえてきた。みのるが驚くと、林くんが笑った。

「行列が来た。関帝誕のパレード。音楽も獅子舞も龍もある。立派だ」

「……関帝誕って、関帝って人の誕生日祝いなんだよね。関帝ってどういう人……？」

「三国志の英雄関羽が、時代が下るにつれて神格化されていったものと言われています。うんと昔の中国の武将、と思っていれば、概ね正しいかと」

「さんごくし……」

リチャードはかいつまんで『三国志』の話をしてくれた。ざっくりいうと中国が統一王朝によって支配されていなかった時代、三つに分裂していた時代の英雄たちの物語で、その中の蜀という国に所属していた英雄の名前だという。関羽は見事な顎ひげが特徴で、劉備という英雄に忠義を尽くしたことで生前から称えられていたという。英雄譚によって、人々に親しまれてきた存在であるのだと。それが神さまのように扱われるようになって、遥か海を越えた日本で誕生日を祝われている。

頷きながら話を聞いていたみのるは、自分の椅子に戻って窓に顔を近づけた。いつの間にか店の周りには人の垣根ができていたが、店の床が階段で少し高くなっているのでパレードの鑑賞の妨げにはならない。店に客がいない理由が、窓ガラスに貼られた『貸し切り』の紙にあることに、みのるはようやく気づいた。

「……今日、貸し切りだったんですね。こんな、儲かりそうな日なのに……」

「中田さんとリチャードはマリアンと俺の恩人でもありますから、それをチラッとオーナーに話したら、まあ、全力でもてなせと」

「マリアン？」

「嫁さんです。アメリカ在住。子どももいますよ」

みのるは衝撃に吹き飛びそうになった。かっこいいお兄さん枠だったヒロシが、結婚していたのはわかるとして『お父さん』でもあるという。自分の中の『お父さん』の定義が揺らいでゆくのを感じていると、ヒロシはみのるに窓の外を示した。

「見なくていいんですか。鼓笛隊のあとには獅子舞が来ますよ。外に出たら頭を噛んでもらえるかもしれませんね」

「頭を噛むんですか……？」

「獅子に噛んでもらうと、一年健康に過ごせるって言い伝えがありますからね。坊ちゃん、こっちで見ないんですか」

林くんはもじもじしながらみのるの隣にやってきて、二人で窓に顔をくっつけるようにしながらパレードを見物した。ヒロシの言う通り、お揃いのユニフォームを着たブラスバンドと鼓笛隊、チアリーディングクラブの行進の後には、軽業師の集団のような獅子舞がやってきた。お正月のテレビにうつる人形劇のようなタイプではなく、中で頑張って獅子の頭を振り回している二人組の姿がはっきり見えるタイプの獅子舞だった。ピンク、赤、白、黄色の、色鮮やかな装飾でいっぱいの獅子たちは、異文化の象徴のようだった。

それからも、背中に旗を突き刺した歴史的装束の人形や、両手に赤い扇を持った女性たちの集団、竹馬に乗った人間が人形をかぶっているとおぼしき背高のっぽの人形など、豪華な行列が続き、最後に馬の姿が現れた。はりぼての馬である。

竹ひごに半紙を貼ったような黒馬にまたがるのは、真っ赤な顔に黒いひげをはやしたはりぼての男だった。鎧を着こみ、剣を構えている。仏さまのような優しい顔ではなく、敵を睨み据えるような怖い顔をしていた。勇壮な出で立ちにみのるは息を呑んだ。

「あれが関帝、つまり関羽ですね」

みのると林くんが振り向くと、ヒロシの胸が見えた。ヒロシは二人の頭の上に覆いかぶさるように、ガラス窓に顔を張り付けて、スマホで行列を撮影していた。

「商売繁盛、家内安全。御利益は何でもありです。とりあえず拝んでおきますか」

「ヒロシ、どうせそれも妻子に送るんだろ。外に出て撮ったらどうだ」

「ここで撮影すると坊ちゃんとみのるくんの顔もガラスで二重写しになるんですよ。そのほうがマリアンが喜びそうなんで」

「マリアンは俺も好きだ！　時々動画で丁寧に挨拶をしてくれる。でもヒロシ、勝手に動画を送るのは肖像権の侵害だぞ」

「嬉しいですね、坊ちゃんが難しい言葉を覚えてくれた。俺の言葉の丸暗記ですけど本当に嬉しい。でもそれとこれとは別です。私的利用の範囲内ですよ」

戯れるヒロシと林くんを眺めるうち、みのるは不意に、正義の言葉を思い出した。

「あの、ヒロシさん、お名前……『ヒロシ』じゃないんですよね？　本当は何て……？」

「ヒロシはヒロシです。時々ヴィンセントとか、ヴィンスって呼ばれることもありますが」

「はあ！　ぜんぜん『ヒロシ』とは違うじゃないか。香港人は不思議だ」

「みんな好きなニックネームを自分でつけるんですよ。ケントとかメロディとか。アジアの言葉がなかなか発音できない相手にも名前を覚えてもらいやすくなりますから。便利といえば便利です」

「『ヴィンス』……」

どこかで聞いたような響きだったが、うまく思い出せなかった。

パレードが通り過ぎるまで、みのるは窓ガラスに顔をくっつけていたかったが、奇妙なことに気づいた。正義とリチャードがいないのである。どうしたんだろうと店の中を探すと、二人はトイレスペースの前でそれぞれ電話を受けていた。正義は英語で話しているようだったが、リチャードが使っている言葉は謎言語だった。よくあることである。みのるは少し憐れな気持ちになりつつ、林くんとヒロシのところに戻った。

それぞれの電話のあと、二人は絶望の顔でみのるたちのところに戻ってきた。

「あの、大丈夫ですか……?」

「アラブのお客さんが、急にリチャードに会いたがって、今は成田にいるって……わがままを全部聞き入れることもできないから、今回は俺が代打になるって決まったんだけど」

「今度は私に、スウェーデンのお客さまから『羽田に着いた。是非会いたい』という連絡がございまして……」

つまり二人それぞれが、忙しくなってしまったようだった。非常に珍しいことだった。たぶん仕事の電話だな、と思われるものが入っても、みのると一緒にいる時には、正義はあれこれと理由を並べて断ってしまうものだった。だが思い返せば、最近そういう『お断り』が、いつもよりたくさんあったような気がした。

さすがに今回は誤魔化しきれなくなったのかもしれなかった。

「あの、僕は大丈夫です。林くんもいるし、今日はもういっぱい一緒にいられたので……」

「中田さん、俺でよければ坊ちゃんと一緒にみのるくんを案内しますよ。ねえ坊ちゃん」

窓ガラスに顔をおしつけていた林くんは、振り返るなり胸を叩いた。

それから正義とリチャードは、林くんのお父さんと押し問答のようなお礼の言い合いを繰り返し、最終的には家に戻っていった。準備を整えてそれぞれの『戦場』に向かうらしい。宝石商というのはいつ忙しくなるのか全く読めない仕事で、時間がたっぷりとれる時もあれば全然ない時もあって、自分では選べないのだということが、みのるには少し前からわかっていた。

「じゃ、行きましょうか」

「は、はいっ」

「そう緊張しないでください。俺はただの気のいいバイトですよ」

「ヒロシ！　三時になったらカンフーシューズ飛ばし大会だからな！　絶対だぞ！　二位の賞品が品薄の携帯ゲーム機なんだ」

「おこづかいをためて買うんじゃなかったんですか」

「それはそれだ！　チャンスがあるのに挑まなかったら勝利の目は永遠に出ない！」

「坊ちゃん、アニメにはまってから、日本語の上達が著しいですね」

「まあな。みのる、ヒロシはアニメの趣味がいい。お前もおすすめをもらうといいぞ。中国語版と日本語版が両方観られるものばかり薦めてくるのはちょっとうざいが」

それから三人は、主に林くんの案内のもと、人でごった返した中華街の中を歩き回った。まず最初に赴いたのは、関帝誕の主賓である関羽がまつられた関帝廟で、入場規制が行われる中、三人はもうもうと煙の漂う廟に何とか詣で、お賽銭を投げ入れることに成功した。商売繁盛を願う神さまだという話だったが、場違いかもしれないと思いつつ、みのるはお母さんの快癒を願った。その後、ちょっと刺しすぎに思えるほどたくさんの果物が串刺しにされた飴がけを買い、分け合って食べ、ソフトクリームを食べ、マンゴーのお茶を飲み、パンダの形をしたカステラを食べ、再びみのるの胃袋は破裂寸前になった。みのるは一度もお金を払うことがなかった。

「父から小遣いをもらっている。みのるには払わせないぞ。いつも俺がいっぱい、いろいろないいことをもらっているからな」

「……林くんのお父さんは、かっこいい人だね」

「どこがだ！　中田老師のほうが若くてかっこいい」

「そういう『かっこいい』じゃないと思いますよ、坊ちゃん。わかってるでしょ」

林くんはしばらく黙ったあと、残りのパンダカステラを三つ全部食べてから、また口を開いた。蒸し暑い中華街に差す日差しは、少しずつオレンジ色になっていた。

「あの時、ヒロシは父にこう言った。『子のためを思って言っていることでも、それが相手にうまく伝わらなければ、子のためにはならない』と。あれはきっと、父が俺のためを思って俺を叱っていたと、俺に教えるために言ってくれたんだろう」

「実際そうじゃなければ、林大人は無暗に怒りをぶつけたりしないでしょう」

「……ヒロシ、付き合いが短いのに父をよくわかっているな」

「そんなに短いわけでもないですよ。昔からマリアンが時々、オンラインで料理を習ってましたからね」

ヒロシと林くんが話しているのは、ヒロシが林くんのお父さんにお説教をした時のことのようだった。確かにそうだとみのるは頷いた。親は子のためを思って叱るという部分ではなく、それがうまく伝わらなければ、という部分に共感した。

自分のお父さんに、面と向かって『お前頭悪い』と言われたら、林くんでなくてもつらいはずだった。それが口下手ならぬ『言語下手』ゆえとわかっていても、つらいものはつらい。

みのるはぎゅっと、林くんの手を握った。驚く林くんに、みのるは少しだけ笑った。

「僕のお母さんも、あんまり話すのが得意じゃなかったから、そういうの、よくあったよ」

「……そうだったのか」

「うん。そういう時、つらかった」

「言い返すと余計に怒られるしな。理不尽だ」

「そうそう、そうなんだよね」

みのるは笑いながら話している自分が不思議だった。お母さんに怒られた時のつらさを誰かに話せる日が来るなんて、思ってもみなかったことである。しかも日本人ではない、中国からはるばるやってきた友達に。

「ところでご両人、そろそろカンフーシューズ飛ばし大会の時間ですけど、会場に行かなくていいんですか」

「あっ、ファインプレーだヒロシ！　行こう、みのる。携帯ゲーム機のためだ」

「その、『カンフーシューズ飛ばし大会』って何……？」

「読んで字の通りですよ。カンフーシューズを飛ばすんです」

何のことだかさっぱりだったが、ともかくみのるは二人についていった。

大会の名称は、正確にはカンフーシューズ飛ばし大会ではなかった。カンフーシューズ飛ばし『世界』大会だった。大会運営によって貸し出されたカンフーシューズを足に引っ掛け、思い切り蹴って飛ばし、メジャーで飛んだ距離を計測、飛距離を競う。道を一本通行止めにして行われている、それなりに気合の入った催しだった。みのるが思っていたよりも参加者は多く、マイクを構えたＤＪのような人がノリノリで音頭を取っている。

「みのる！　俺もやるからお前もやれ。やろう」

「可能なんですか？　一応、事前エントリー制って書いてありましたけど」

尋ねるヒロシに、林くんは胸を張った。

「飛び入りも大丈夫だからお友達も誘えと受付の人に言われた。ヒロシ、お前もやれ。三人でやったほうが携帯ゲーム機を手に入れる確率が上がる」

「その理屈だと、みのるくんが二位になった時にも坊ちゃんがゲーム機を手に入れるみたいに聞こえますよ」

「うっ……それはさすがに、ない。みのるがゲーム機を得たら、それはみのるのものだ。でもヒロシが得たら俺のものだぞ。お前はもう何台も同じゲーム機を持ってるだろ」

「確かにそうなった場合はお譲りしますが、それ以外の賞品が手に入ったら俺も持って帰りますよ。パンダの風船とか、飾りつきの中華ランタンとか。喜びそうな相手がいるんで」

「好きにしろ！　俺はゲーム機以外のものなぞいらん！」

そういうことになった。

順番待ちの間、みのるはカンフーシューズを飛ばす人々を観察していた。ただ思いっきり空中を蹴り飛ばす形で放り出し、上方向には距離が出るものの前にはあまり進まない人や、派手にコースアウトする人もいた。シビアな競技である。林くんはやる気満々で、イメージトレーニングのように両手両脚(あし)を振り回していた。その間に大会の記録が更新され、一位が二十五メートルになった。そんなに飛ぶんだなと、林くんは気弱な声で呟いたが、慌(あわ)てて首を横に振った。

「二位は十八メートルだったな。つまり十九メートル飛べばいい。二十五メートルも飛ばす必要はない。大丈夫だ。だよな、みのる」

「そ、そうだね」

待つこと一時間半、四時を回った頃に、みのるたちの順番が回ってきた。

「坊ちゃん、頑張(ジャーヨウ)ってください」

「林くん、加油！」

加油というのは中国語の『頑張れ』だった。待っている間にヒロシから教えてもらったのである。林くんはちょっと照れくさそうな顔をしたあと、きっと表情を引き締めて、大会運営から貸し出された黒いカンフーシューズを踏みしめた。かかとの部分は予(あらかじ)め潰されているので、足を蹴りだせば簡単に飛んでいく。

「はあッ！」

林くんは格闘ゲームのキャラのような声をあげて、思い切りキックをした。カンフーシューズは高く舞い上がり、五、六メートル離れた場所にぼてっと落ちた。『ここが世界記録』の赤いカラーコーンはおろか、『現在の一位』よりも大分手前側である。

計測隊がさっとメジャーを持って走り、六メートル四十！　と声をあげた。張り出されている十位の記録が、八メートル九十だった。ランク外である。惜しい、とみのるが声をあげると、どこがだよと誰かがからかったが、すかさずヒロシが声の方向を睨むと、同じ声がすみませんと小さく謝った。戻ってきた林くんはしょげていた。

「だめだった……みのる、あとは任せた。俺のぶんも頼む」

「わ、わかった」

みのるも見様見真似でカンフーシューズを蹴っ飛ばしたが、足がもつれて記録は三メートルと少しだった。こんなことならもっと家でスリッパを蹴っ飛ばしていたのにと、みのるは少し後悔した。

「難しかったよ」

「だよな。来年はもっと飛ばそう。これは毎年の催しだそうだからな。帰るか。あっ、待て。ヒロシがまだだな。加油、ガーヨウ、ヒロシ！」

「ジャーヨウじゃなくて、ガーヨウなの？」

「あいつの故郷は香港だからな。発音がちょっと違う」

はーい、というやる気のない声が返事だった。靴をひっかけ、スタート位置に立ったヒロシは、司会の女性に気に入られてしまい、お兄さんどこから来たの、お幾つ？　などマイクで質問攻めにされていた。だが返事は一律「あー」「そうですね」だった。

「……中国って広いんだね」

「とても広い。世界に誇るべき国土だ。いつかお前も中国に来い。俺が案内してやるからな」

「それは、大人になったらってこと？」

「大人になる前でもいい。どうせ俺は大学生になる前に中国に帰るだろう」

「えっ？」

みのるが呻いても、林くんは賑やかな司会者を見つめたまま喋っていた。奥さんいる？という質問にだけヒロシがはいと即答したので、あたりは笑いに包まれていた。

「頭がよければ日本の大学に行けるだろう。国立の学校の、特待生というやつになれる。だがそれが無理なら俺は中国に帰る。そのほうが安くつくからな。頭がいいか悪いかで、俺の未来は変わる。たぶんお前の未来もそうだ。勉強しろ、みのる。俺もする。最近の日本人は勉強が好きじゃないなどと言われているが、馬鹿な話だ。勉強しないでどうやって、自分の未来を切りひらく?」

「僕……日本人だけど、最近は勉強、楽しいよ」

「あ、ごめん。ヒロシに言われていた。『中国人は』とか『日本人だから』とか、そういう言葉は物事を簡単に決めつけてしまうから禁句、とな。あいつの別のバイト先では、そういうことを言うと出禁らしい」

「できんって何?」

「出入り禁止ということだ! おお、俺も日本語の先生になったぞ」

二人が微笑みを交わしたその時、ワーッという歓声が沸き上がった。みのると林くんは慌ててシューズ飛ばしの会場に目線を戻した。ヒロシがシューズを蹴り飛ばしたのだった。それこそカンフー映画の主人公のように、ヒロシは横薙ぎの蹴りのポーズで静止していた。スマホカメラの音がばちばちと鳴る。大きな放物線を描いて飛んでいくシューズは長く滞空し、空気を斜めに切るようにスライドしてから、ぽとんと落ちた。

会場の沿道は、大きな歓声に包まれた。林くんは両手を天に突き上げた。

「やった! やったー! ゲーム機! ゲーム機だ! やったぞみのる! 一緒にゲーム

をしよう！　やりたいゲームが山ほどある！　日本語版でプレイすれば父も文句は言わないだろう。やったー！」

「……あの、林くん……」

「あ？」

ヒロシの蹴飛ばしたシューズは、赤いカラーコーンの向こう側に落ちていた。つまり。

みのるは断腸（だんちょう）の思いで、林くんに事実をありのままに告げた。

夜の八時。中田正義はマンションに帰ってきた。リチャードはまだ外で仕事をしているという。ごめん、本当にごめんと、何度も頭を下げ手を合わせる正義を、みのるは全力でとどめた。

「すごく楽しかったです。林くんとヒロシさんと一緒に、関帝廟に詣でたり、出店を巡ったり、カンフーシューズ飛ばし世界大会っていうのに挑戦したり」

「カンフーシューズ？」

正義が興味を持ったので、みのるは事細かに大会の推移を語った。大人から子どもまでみんなカンフーシューズを蹴り飛ばしていて面白かったこと、飛距離を競う賞と愉快なパフォーマンスをした人に贈られる賞があったこと、飛距離の部門でヒロシが健闘したこと、その全てがとても楽しかったこと。熱を込めて語るみのるを、正義はじっと見つめ、うん、うんと頷きながら話を聞いてくれた。

みのるは正義に話を聞いてもらうのが好きだったが、その一方でいつもどこか申し訳ない気持ちにもなった。正義はとても優しいので、本当は聞きたくないようなことでも我慢して聞いてくれているのではないかという不安が消えなかった。

だが正義は太陽のように笑った。

「よかった……ヴィンスさん、いや、ヒロシさんは本当にいい人だけど、ちょっと愛想がないことがあるから心配してたんだ。でも大丈夫だったみたいだね」

「ヒロシさんはすごくいい人です。この前図書館で勉強した時にも、林くんを見守りに来てくれて」

「え？　初対面じゃなかったの？」

「はい。二回目でした」

「あー……」

何故か正義は悔しそうな表情をしたあと、額に手を当てて笑った。どうしたんですかとみのるが視線を向けると、首を横に振った。

「ヒロシさんも、いろいろ考えてくれてるんだなあって」

「そういえば、正義さんとヒロシさんは、どういう知り合いなんですか……？」

「昔、俺がかなりピンチだった時に助けてくれた人、って言えばそうだし、わけのわからない計略に巻き込んできたミステリアスキャラ、って言えばそうだし、ガチの飲み比べ対決をしてマリアンさんに説教された仲間でもあるし……こういうのってまとめて何て言うんだろうな」

「……スーパー親友？」

正義は少し笑ったあと、そうかもしれないねと照れた。正義はヒロシを好きなようだった。

屋台の食べ歩きでお腹がぱんぱんだったので、みのるは正義が夕飯を買ってきても食べきれる自信がなかったが、正義は缶詰を使ってコーンスープを作ってくれた。少しの中華調味料とかき卵入りの、お腹に優しい味だった。正義は同じものにパンをひたして食べ、リチャードの分もとっておいた。

「あの……正義さん」

「何？」

「僕、迷惑を……かけすぎてませんか」

思いはうまく言葉にならなかった。正義がヒロシとの関係を何と言えばいいのかよくわからないように、みのるも今自分が考えていることを上手にまとめる言葉がなかった。

林くんと仲良くなれたのは嬉しい、でもそれは正義が林くんにまつわる諸々の面倒なことを引き受けてくれたおかげで、よく考えればそれはみのるが正義の手間を増やしてしまったということである。正義はただでさえ忙しいのに、みのるの面倒を見ていることでひょっとしたら人生設計というものも変わってしまったかもしれないのに、それにまた雑務が重なるなんて申し訳ないにもほどがあった。

迷惑になっていないかどうかなど、尋ねるまでもない。迷惑に決まっていた。

それでも、過剰に迷惑ではないかどうか。そのくらいは知りたかった。

正義はしばらく、みのるの言葉を受け止めるように沈黙し、にこっと笑った。

「そんなことない。みのるくんを迷惑だって思ったことなんて、ない。会えて嬉しい、一緒に暮らせて幸せだなって思うことはいっぱいあるけどね」

「……………そう、ですか」

「うん。それを踏まえて聞いてほしいことがある」

みのるが体をこわばらせると、正義は穏やかに言葉を続けた。

「人間ってみんな、お互い迷惑をかけたり、かけられたりしながら生きてると思わない？」

「……そうですか？」

「うん。俺はそんな気がする」

でもみのるの目から見ると、正義やリチャードは誰にも迷惑をかけていないような気がした。少なくともみのるとはまるで違う。しっかりした大人で、自分のことは自分でちゃんとできる。みのるがもごもごそんなことを言うと、正義はからりとした声で笑った。

「中学生の時の俺とか、高校生、大学生の時の俺を見たら、そんな風には絶対思わないんじゃないかな。もちろん俺なりにいろいろ頑張ってはいたけど、うん、いろんな人に助けられてた。だからもし、みのるくんがそういうことを『つらい』と思うならそんな必要はないし、それでもどうしても気になるなら、大人になってからそれを誰かに返してあげればいいよ」

「…………僕、正義さんや、リチャードさんみたいになれる自信、全然ないです」

「誰かみたいになる必要はないよ。俺だってリチャードにはなれない。だからみのるくんにも、みのるくんのまま大きくなってほしい」

「……？」

「あはは、ちょっと哲学的な話になっちゃったな。これをうまく説明できるようにするのが、俺の『宿題』かな。これからもっと頑張るから、ちょっと待ってて」

正義は少し困ったような顔で笑った。みのるはこの顔が好きだった。

「もしもし」

『こんばんは、お嬢。今空いてます？』

「そっちからかけてくるなんて珍しい。どうしたの？　お金に困ってる？」

オクタヴィア・マナーランドは長い金色の睫毛をしぱしぱと瞬かせた。長逗留をしている東京・銀座のホテルは既に家のようになっており、３ＬＤＫの部屋にはあちこちに服やみやげものが広げられている。

大学の課題をオンラインでこなしつつ、日本で見聞を広める世界有数の富豪女性にとって、ヴィンセントは古くからの友人であり、恩人でもあった。ヴィンセントは電話ごしに溜め息をついた。

『電話がかかってきたら金の無心だって思う癖、やめたほうがいいですよ。嘘から出たことになりかねません』

「あなたからかかってきた時にしか言わないわよ」

『それもそれでどうかと思いますけどね……』

「それで、ご用事は？」

今回はその逆です、とヴィンセントは言った。逆？　とオクタヴィアが問い返すと、ええと頷くような間が開いた。

『お嬢にお小遣いをあげようと思って』

「……ちょっとどういうことなのかわからないわ。私がお金に困ってるように思えるの？」

『あのですね、中国文化圏には、年上の人間が年下の人間にお金やお菓子をあげる習慣があり、これは文化人類学的に言うと』

「あなたもリチャード先生みたいなことを言うようになったわね」

『ひどい侮辱（ぶじょく）を受けた気がするんですけど』

「褒めてあげたつもりよ」

それで何なの、とオクタヴィアが問うと、ヴィンセントは呟くように告げた。

『横浜（よこはま）中華街で使える、飲食チケット三万円』

「……なにそれ？」

『当たったんですよ。今日久しぶりに、回し蹴りの演舞みたいなことをしたら、一等賞をとっちゃって。本当は二等のゲーム機を当てたかったんですが』

「ちょっと。激しい運動をしたんじゃないでしょうね。あなた腎臓（じんぞう）が……」

『してませんよ。キックを一発。それだけです』

「ならいいけど……もしかして中華街でのアルバイトに関係してる？」

『あると言えばあるし、ないと言えばないですね』

歯切れの悪い答えだったが、オクタヴィアは追及しなかった。それって何なの、私の買い物に付き合うより大切なことなのなどと問い詰めるのは子どもっぽい気がしたし、呆れられそうで嫌だった。

もう昔の私とは違うという気持ちを込めて、オクタヴィアは余裕の声を出してみた。

「ふーん。何でもいいけれど、ともかくその金券を私にくれると言っているのね？」

『ええ。お嬢さえよければですけど』

「あなたがくれるならもちろん、もらってあげるわよ。それにしても……三万円ねえ」

『へえ。お嬢もたまには金額に思うところがありますか』

「まあね」

三万円。二百ユーロほど。オクタヴィアは苦笑いした。

「三万円じゃ、あなたと一緒に食事をするのは無理よね。一人用の金額でしょ？」

『は？』

「え？」

たっぷり十秒以上沈黙したあと、ヴィンセントはぼそりと呟いた。

『お嬢と金の話をするのって、けっこう難易度高いのを忘れてました。念のためお伝えすると、俺のバイトしてる福新酒家、一番高いコース料理が一人当たり一万円です。一番高いコースですよ』

「え、ええっ？　そんな……元は取れているの？　お店は潰れないの？」

『安くてうまいのが売りですから。机上の勉強も大事ですけど、お嬢にはフィールドワークも必要ですね』

そうして自分を優しくディナーに誘い始めたヴィンセントの声に、オクタヴィアは目を細めた。そしてアメリカで暮らす彼の子どもに、次はどんなプレゼントを贈ろうかと、携帯端末でオンラインおもちゃ店のウェブサイトを開き、すっすっとスクロールした。顔を赤く塗られた黒いヒゲの人形が『季節の人気商品！』というレコメンドと共に出てきて、オクタヴィアは目を疑った。

case. 4
体育祭と
パリュール

夏休み明けの教室は活気でいっぱいだった。長い休みの間会えなかった友達に、まずどこで何をしていたのか尋ね、自分がどこで何をしていたのかを話す。

小学校の頃にはこんなに恐ろしい時間もなかったが、今のみのるはそれほどびくびくしていなかった。

「おっすーみのる！　八月はどうだった？　俺は家族で旭川のじいちゃんち！　北海道マジでよかったぞ。ウニ鮭イクラ丼がめちゃ安いの。三杯も食べちゃった」

「へー。北海道って夏でも寒いの？」

「場所によるかなあ。父ちゃんの車であっちこっち行ったけど、北のほうは長袖がないと厳しかったな。俺途中の車の中で寒くなっちゃってさ、行きがけの量販店でパーカー一枚買ったもん」

「へえー」

「あとプールも行って、海も行って、そうそうプラネタリウムも行ってー」

赤木良太は夏休み前と同じように、放っておくといつまでも楽しい話をしてくれた。誰にでも分け隔てなく自分の楽しい話を一方的にするので、あいつはうざい、自慢話ばかりする、と言われることもあったが、みのるはそれがありがたかった。少なくとも根掘り葉掘りみのるのことを尋ねてくる相手より、良太と話しているほうがずっと楽しかった。

「そういえば、お前夏の間真鈴と会った？」

「え？　ううん……良太は？」

「俺も会ってない。つかメッセージもあんまりしなかったよな。返信なかったし。あいつ生きてんのかな？」

志岐真鈴は生きていた。しかしどこも、完璧に、日焼けしていなかった。

冬の国からやってきたプリンセスのような風情の黒髪の少女は、昼休み、二人のスーパー親友を睥睨し、溜め息をついた。

「日焼けしすぎ！　肌の色が変わっちゃってるじゃない。写真撮影の時どうするの。監督に怒られるよ」

「俺たちはモデルじゃないもーん。なあみのる」

「そんなに焼けてるかな？　自分ではそうでもないような……」

「自撮りして、夏休み前の画像と比べてみなさいよ」

まったく、と腕組みする真鈴は、まるで楽しそうではなかった。夏休み明けがイヤ、もっと休んでいたい、と気だるくこぼしていたクラスの女子たちとはどこか雰囲気が違う。どうしたの？　とみのるが尋ねると、真鈴は再び溜め息をついて答えた。

「体育祭。もうすぐ体育祭が来るでしょ」

「え？　ああ、でも来月だよ」

「来月なんてすぐよ。あれが嫌。本当に嫌」

「なんで？」

「特別演目、今年は『コスプレリレー』って書いてあった」

そんなのあったっけ？　という顔をする良太の隣で、みのるは壁に貼られた掲示物を指さした。『開帆(かいはん)中学だより』といういつものフォーマットに、夏休みはどうでしたかというぱっとしないメッセージと共に、来月に控えた体育祭のことも少しだけ書かれている。

開帆中学校の体育祭は、その昔はスポーツ大会と呼ばれ、更にその前は運動会と呼ばれていた。一年から三年までが赤白青緑の四色にわかれ、学年ごとの玉入れや、色別対抗リレーなどで競い合う。ベーシックな体育祭だった。特別演目を除けば。

毎年職員会議で決められているとおぼしき特別演目は、上級生に兄弟がいたクラスメイト曰(いわ)く、去年は『借り物競走』で、その前は『バケツリレー』だったらしい。とにかく何か面白いことをしながら走る演目が毎年手を替え品を替え現れる。

それが今年はコスプレだった。

「何か面白い格好して走るだけじゃん。それの何が嫌なの？」

「……嫌な予感がする」

はあー？　と大口を開ける良太は無視し、真鈴は独白した。

「これから一カ月また仕事が詰まってるし、全然体育祭の打ち合わせに出られないから、どういう風にクラスの会議が進んでいくかわからない。変なことにならなきゃいいけど。君たちのどっちかでも、私と同じクラスだったらよかったのに」

「真鈴、もしかしてまだクラスに友達一人もいねーの？」

「だから？　なくていいものは作らない主義なの。贅肉みたいなものでしょ」

でも贅肉がなさすぎても人は風邪をひきやすくなると正義が言っていたと、みのるは言おうかどうかと思ってやめた。そんな話を真鈴にしても喜ばれないに決まっていた。

真鈴はつんとしつつ、それでも二人にロケで訪れたバリ島のおみやげをくれた。良太に一つ。みのるには二つ。

「中田さんにあげて。真鈴からですって、ちゃんと言って」

「え？　俺の父ちゃんとかにはないの？」

「何で良太のお父さんにおみやげをあげないといけないの。岡山に連れて行ってもらったお礼だし」

ああそういう、と思いつつ、みのるはどこかで、たぶんそれだけではないのだろうとも思っていた。ダイヤモンドの展示会で偶然出会った時から、真鈴は正義に特別に近づこうとする素振りがあった。好きなのだろうと良太は推測していたが、それがどういうことなのか、みのるにはよくわからない。

ちゃんと渡すのよ、と鋭い視線で念を押してくる真鈴に、わかったよとみのるは頷き返した。

だらけたムードを引きずりながら、それでも日々は過ぎていった。残暑の厳しい九月は、クーラーがよく効く教室とそうでない教室の落差が激しく、みんなが下敷きをうちわにして煽いだり、ポータブル扇風機を振り回したりするうちに過ぎてゆき、気づけば十月、体育祭のシーズンが近づいていた。

「じゃあ、うちのコスプレリレーは、ティラノサウルスに決定で」

えぇーという声と拍手の音は半々か、少し拍手のほうが多いくらいだった。ティラノサウルスとは量販店で売っているビニールの着ぐるみである。着る人の頭よりも高いところにティラノサウルスの頭があるので、歩くたび頭がふらふら揺れて面白いというのが推薦の理由だった。対抗馬はツタンカーメンとナポレオン。どちらも衣装を準備するのが大変という理由で、ティラノサウルスの勝利だった。

「あれ本当に前が見えるのかなあ。動きやすいとか準備が楽とかいうなら、全身タイツのほうが楽じゃないの？」

「体の線が出すぎるものは駄目だって、生徒会から言われてるでしょ」

「出場者の決定は全種目が決まった後だから、誰が着ても文句が出ないものがいいよね」

みのるのクラスの担任の先生は、にこにこしながら話し合いを見守っていた。

その後、体育祭時に必要になる保健係や用具係などの担当者を決め、その日のホームルーム授業はお開きになった。

翌日の昼。

真鈴はみのるたちとの階段ランチに十五分も遅刻して訪れた。昼休みは四十五分で終わってしまうので、三分の一も過ぎてしまったことになる。

やってきた真鈴は、歯を食いしばり目元を赤くしていた。どうあっても泣いているとは思われたくないのだろうとみのるが察した時、良太が声をあげた。

「あれー真鈴、泣いてんの？　なんで？」

「うるさい」

手負いの獣（けもの）が唸（うな）るように言い返し、真鈴は階段を上ってゆき、踊り場を抜け、『施錠されています』という紙の貼られた扉の近くまで行ってうずくまった。弁当を食べる様子はない。ただハリネズミのように丸くなっていた。

「…………真鈴」

「もうやだ。もうやだ」

真鈴は自分の体を抱きしめていた。昼休みはそれで終わってしまい、結局真鈴は弁当の包みも開かずに去っていった。

「真鈴！　放課後！　待ってるぞ！」

えっ、とみのるが横を見ると、空の弁当箱を放り出し、良太が叫んでいた。真鈴はちらっと振り返ったが、そのまま何も言わずにクラスに戻っていった。

「良太、放課後って、どこで……？」

「どこでもいい。靴箱のところとか運動場とか、あいつが通りそうなところで待ち伏せだ。あのまま放っておけないだろ」

少し迷ってから、みのるも頷いた。おせっかいだと言われるかもしれないし、絶対知られたくないと思っていることもあるかもしれなかったが、それでもスーパー親友を放っておくことはできなかった。

放課後、真鈴のクラスのホームルームが終わるのが待ちきれず、廊下で待っていたみのると良太は、まっさきに出てきた女子グループに、何故(なぜ)か軽蔑(けいべつ)的な視線を向けられた。

「あんだよ」

良太が睨み返すと、女子たちはハアーッと聞えよがしな溜め息をついた。

「出たよ、男好き。うざきもー」

「可愛いモデルさんとずっとつるんでれば？」

男好き、というのは、どうやらみのると良太に向けた言葉ではないようだった。

勇気を振り絞り、通常入ることのない他のクラスに入ってゆくと、隅の席に真鈴が座っていた。サラサラの黒い髪が、ホラー映画に出てくるおばけのようにばさばさになっていて、目元はまだ少し赤かったが、昼休みよりはましだった。

「真鈴。迎えに来たぞ」

「…………君たちが来ると余計に話が面倒くさくなりそうなんだけど」

「でも、放っておけないから」

みのるはすぐ言い返した。真鈴は顔を上げ、みのるを見て笑った。

「……あっそ。じゃあ仕方ないか」

「おう！　仕方ないぞ！　スーパー親友だからな」

そして三人は、敵陣を隠密裏に脱出する雑兵のようにさりげなく何でもない顔で、なおかつ周囲に警戒を払いつつ、学校を後にした。

「おっし。どこ行く。マックでいいか」

「嫌。どこへ行っても誰かいるもん。うちのクラスのやつらの顔なんか見たくない。影も嫌」

「……じゃあ、ファミレスとか」

「どうせファミレスにも誰かいるでしょ。嫌って言ったら嫌！」

良太は困ったように、ちらりとみのるの顔を見た。

みのるは一カ所だけ、こういう時にぴったりの場所を知っていた。

晩夏の神立屋敷は、もちろん暑さから無縁ではなかったが、それでも薄暗く、ひんやりしていた。空調設備も整っており、管理人筆頭であるリチャード曰く、温度設定を間違えると傷んでしまう大事な品物もあるとかで、人がいない時でもいつも冷房が入っている。

冬には暖房が入りそうだった。

「君、こんなところ本当に入っていいの。何で鍵なんか持ってるのよ」

「ちょっと事情があって……」

「どういう事情だよ!? 俺スーパー親友なのに何にも聞かされてねーんだけど!?」

「と、とにかくここは、物を壊したりしなければ、入って大丈夫な場所だから……！」

学校のクラスルームよりもずっと大きな広間に、良太と真鈴はびくびくし、物を壊すという言葉を聞いた瞬間、ぎゅっと直立不動の姿勢になった。

以前みのるが正義にお茶をふるまってもらったソファに、三人は腰掛けた。真ん中は真鈴である。真鈴が望んだとおりの、他に誰もいない、静かな空間だった。

しばらく黙り込んだあと、真鈴は口を開いた。

「私、コスプレリレーの担当にされた」

「『された』って……相談はなかったの？」

「休んでた日に決まってた。『何でもいい』って言った私が悪いらしいけど」

真鈴は荒んだ顔で笑った。良太は首を傾げていた。

「みんなが納得してないのに、無理矢理やらせるのはルール違反だろ。嫌だって言ったら先生がどうにかしてくれないのか」

「うちのクラスの先生、あんまり私のこと好きじゃないみたいで、特に何も言ってくれなかった。しっかり話し合いをしようにも、私は早退とか遅刻ばっかりでみんなと面と向かって話なんかできないし。先生のいないメールグループでは、こういうこと話し合うのも禁止されてるし」

「でも、コスプレリレーって、そんなに嫌なもの……？」

みのるが問いかけると、そうそうと良太も同調した。

「うちのクラスなんかティラノサウルスだぜ。ちょっと前が見えづらくて怖いらしいけど、俺やってもいいし。真鈴のクラスは？」

「…………チャイナか、メイドか、ゴスロリ」

良太は再びみのるを見た。みのるにも今一つわからなかった。チャイナは中国のことなので林くんが着ていた民族衣装のようなものとして、メイドはおそらくエプロンをつけたメイドさん、しかし、ごすろりとは？

真鈴は呆れた顔でスマホを差し出した。

画面には大学生くらいのお姉さんが、可愛いポーズをして上目遣いをしている写真がうつっていた。

どの衣装もわりあい、大人っぽく、脚がよく出ていた。

「……どれでもけっこう速く走れそうじゃん？」

「馬鹿じゃないの。なら良太これ着て走りなさいよ」

「本当にこれを着るの？」

みのるは信じられなかった。それこそツタンカーメンやナポレオンよりも、先生が「だめだ」と言いそうな服に思えた。だが真鈴はふざけてはいなかった。

「このうちのどれかって言われた。クラス投票で決めるんだって。私の意思は関係なし」

「はぁああ？　それは明らかにおかしいだろ。だってお前が着て走るのはもう決定なんだろ、じゃあお前の意見が一番尊重されるべきじゃん」

「先生は『いつも学校に来られない志岐さんとみんなで仲良くなるチャンスですね』って言って、職員室に行っちゃった。若手だから忙しいんだって。真鈴はモデルだからこういう可愛い衣装が似合って羨ましーって、女子グループには嫌味を言われるし、男子は『我関せず』って顔ばっか。どいつもこいつも私のこと同じ人間だと思ってない。最悪」

「『同じ人間』？　いや、お前は明らかに人間だろ。タコの脚も生えてないし」

「今の私に馬鹿の相手をしてる余裕はないのよ」

　良太はむっとしたようだったが、真鈴が再び顔を覆(おお)って泣きだしたので、それ以上何も言えなかった。

　みのるは考えていた。真鈴の言っていることは一つ一つもっともだった。だがその情報だけでは、クラスの女子たちが、真鈴と仲良くしているみのると良太に変なことを言って去っていった理由がわからない。

　ハンカチがくしゃくしゃになるまで泣いた真鈴に、みのるはためらいつつ、静かに尋ねた。

「真鈴……もしかして、他にも何かクラスで嫌なことがあった？」

「ありすぎてどれなのかわからない」

良太は笑った。真鈴の言葉を冗談だと思ったようだった。多分今のはそういうことじゃないよと、みのるが窘める視線を向けると、今度は真鈴が笑った。氷のような薄笑いだった。

「……打ち合わせの会の最後、もうほんっとどうでもよくなって、言ってやったの。『全部服がしょぼすぎ』『モデルなのにこんな服を着せられるなんて屈辱』って。そうしたらみんな、私のこと大っ嫌いになったみたいだった。もとから嫌われてはいたけど、今度は決定的」

それが昼休みの前のことであるという。

真鈴はどうしてもクラスでは泣きたくなかったので、学校で一番辺鄙な場所にある家庭科室横のトイレに行って個室で泣き、その後みのると良太と合流し、でもやっぱり食欲がわかなかったので何も食べずにクラスに戻ったそうだった。授業は真面目に受けたが、帰り際のホームルームでまた白々とした空気にさらされ、何もかも嫌になってしまったという。

「馬鹿だなー。『私はこれを着たくない』『嫌だ』って、素直に言えばよかったのに。屈辱とか言われたら、そりゃみんなムカッとするだろ」

「私が間違ってるって言いたいわけ？」

「そういうわけじゃないけどさあ」

良太が言い淀むと、真鈴はつらそうな顔をした。本当はそんなこと言いたくなかったんだな、とみのるは悟った。だが口から出てしまった言葉は元には戻らない。

真鈴は高飛車な女王さまのような顔をして、はっと鼻を鳴らした。

「間違ったことをしたって、何だっていうの。私を好きでもないやつらに好かれたいなんてもとから思ってない。どいつもこいつも敵。でも公立の学校をちゃんと卒業するって、お母さんに約束したから、絶対私は負けたりしない。でもリレーは走りたくない」

「……まず先生に相談しようよ」

「あの人、話は聞いてくれるけど何もしてくれない。忙しすぎて適応障害になりそうって逆に私に相談してきたもん。クラスの人がみんな志岐さんみたいに大人っぽかったらいいのにってさ。ふざけんなって言いたかったけど、ああいう人って自分が一番かわいそうなキャラだと思ってるから、何を言っても意味ないし」

「それは諦めすぎだろ！　お前んとこの担任、一年の中じゃ一番の当たりキャラだって言われてんだぞ。親しみやすい性格だし」

「馬鹿の相手に疲れたから寝る！」

そう宣言して、真鈴はソファの隣にある一人掛けの椅子に移り、突っ伏してしまった。

みのるは慌てた。真鈴はまた泣いているようにも思えたが、もしかしたらソファそのものにも大きな価値があって——どこもかしこも刺繡だらけで見るからに高そうだった——汚した結果トラブルに発展したら困ったことになる。もっと困るのはそれで正義がトラブルに巻き込まれることだった。しかしこういう状況で、ソファが傷むかもしれないからそこで泣くのはやめてなどと言うのは、あまりにも友達甲斐のない気がした。

どうしよう、どうしようとみのるが慌て、同じくらい良太も慌てていると。

「おや、おや、お客さまですか」

誰かが。

二階から広間に続く階段を、ゆっくりと下りてきた。

「リチャードさん」

「みのるさま、おかえりなさいませ。今日の授業が終わったのですね。そちらはご学友の、良太さまと?」

「うわ、うわわわ、うわ！　何かすごいのがいる！　真鈴起きろ！　すごい人類！」

それこそ宇宙人でも見つけたような様子で、良太は素っ頓狂に叫んだ。そういえばリチャードを見るのは初めてなのだなと、みのるは逆にびっくりした。初めてリチャードの姿を見た時には、もちろんみのるもあまりの美しさと現実味のなさに驚いたが、毎朝寝起きの悪いところを見ているると、今では美貌にびっくりする良太に何だか変な気持ちになった。

広間に下りてきたリチャードは、二階で美術品の仕分けでもしていたのか両手に白い手袋をはめ、淡い茶色のワイシャツの袖にアームカバーをつけていた。埃よけなのか、家でもつけているのを見たことのない眼鏡をかけていたが、階段を下りきるとさっと外し、サングラスのように襟元に差し込む。

硬直している良太の横で、真鈴はようやくソファから体を起こし、同じように固まっていた。みのるが苦笑いすると、リチャードは礼儀正しく胸に手を当てて一礼した。

「お初にお目にかかります。『すごい人類』ことリチャードと申します。大学で日本語を勉強しておりました。今は主に東京で仕事をしています」

一緒に暮らしているんだよ、とみのるは補足しようとしたが、その前に真鈴が立ち上がった。手の甲で涙と鼻水を拭い、リチャードとは対照的な、挑むような粗雑さで頭を下げた。

「勝手にお邪魔してしまってすみません。志岐真鈴といいます。みのるくんとは学校で仲良くしてもらっています。中田正義さんに、ゴールデンウィークに岡山県に連れて行っていただいた者です」

「丁寧なご挨拶をありがとうございます、真鈴さま。みのるさまと正義のお友達であるとすれば、私もお見知りおきをいただきたいものです」

「えっ……えーと……俺はぁ……赤木良太っていってぇ……えーとぉ」

「良太、何か変だよ」

「きれいすぎるものを見ると人間はこうなるんだよ！　えー、なんか、やばいですね。顔面がキラキラしてるっていうか、眼力ギラギラっていうか……」

「良太さま、よろしくお願いいたします。みのるさまから時々うかがう『スーパー親友』というのは、あなたさまのことですね」

「は、はいっ！　あっでも、真鈴もいれて三人で、スーパー親友やらせてもらってます」

　良太は精一杯しゃちこばり、ぺこぺこと小刻みに揺れるように頭を下げていた。真鈴はみのるの肩を叩いた。

「やっぱりここ、勝手に入っちゃいけないところだったんじゃないの。どうせ君の知り合いの人の職場だったんでしょ？」

「職場ではありますが、みのるさまがおひとりで入る分には問題ないと申し上げてありました」

　ひとり、という部分を思い出し、みのるは青ざめた。良太と真鈴を招いてはいけなかったのだった。

どうやって謝れば、と思っているうち、リチャードは微笑んだ。任せておけとでも言うように。

「親友とは、一つの魂が複数の人間にやどっているものだと、どこかの文豪が言っていたように思いますが、あなたがた三人は『スーパー親友』なのでは？　でしたら一心同体、ルール違反とは思いません」

「……なんか、おしゃれな映画の台詞みたいな言い方だな」

良太の肩を真鈴がべしっと叩いた。そしてもう一度、深々と頭を下げた。

「ありがとうございます。でも、これ以上お邪魔するのもいけませんから、私たちはこれで失礼しようと思います」

「真鈴さまはモデルをしていらっしゃるとか」

「え」

「申し訳ございません。話が聞こえてしまいました」

リチャードは心底申し訳ないと思っているというように、悲しげな表情をしてみせた。たじろいだ真鈴に、リチャードは少し近づき、お座りくださいと手で示した。真鈴は再びソファに腰掛けた。ついでに良太も隣に座ったが、何となく気まずかったようですぐ立った。

リチャードは真鈴と視線を合わせるように、片膝をついて跪いた。みのるは正義が同じことをしてくれた時のことを思い出した。

「これは話を立ち聞きしてしまった、非常に無礼な男の戯言です。ですが無礼を承知で、あなたにはこう申し上げたい」

みのるは立ったままリチャードの顔を見ていた。氷のような青い瞳が、真摯な光を帯びていた。

「あなたは何も間違っていない。あなたは正しいことをしている。あなたのことを相手が好いていようが、いまいが、そんなことは何も関係がない。誰にも、大統領にも赤ん坊にも、あなたに不本意な行動を強いる権利などない。『嫌だ』と思ったことには毅然としてノーを告げましょう。それがあなたを守ることに繋がります」

みのると良太は、真鈴の目から大粒の涙が流れ落ちるのを見た。真鈴は恥じるように両手で顔を拭い、リチャードはシャツのポケットからハンカチを取り出した。正義とリチャードの共通点は、いつでも新しいハンカチを持っていることと、誰にでも優しいところだった。

「私はぁ……！　嫌なやつだって、思われたくて、思われてるわけじゃ、ないい……！

学校に行く時間が、もっとあったらあ……！　クラスの子たちとも、友達に、なりたいしぃいいい……！　女の子の友達もほしいぃいい！　でも誰も……！　わかってくれない……！」

リチャードは頷きながら、泣きじゃくる真鈴のことを見ていた。

みのるはざっと、リチャードにコスプレリレーの話をした。みのるのクラスではティラノサウルスの着ぐるみを着て走ることになったものの、真鈴のクラスではそれがチャイナかメイドか『ごすろり』で、真鈴はそれが嫌で、でも嫌だと言うことができず、そんなものをモデルに着せようとするなんて屈辱だと言ってしまったのだと。

「よろしければ、その衣装の写真を拝見しても？」

真鈴は泣きつつ、素早く自分のスマホのロックを外して画像を表示させた。見るのも嫌なようで、自分では見ないようにしていた。

リチャードは画面を覗き込んだあと、眉間に皺を寄せ、決然と告げた。

「教育委員会に連絡すべきです」

「えっマジで？　大事になるんじゃ」

「するべきです。私が真鈴さまの保護者であったら、怒って学校に乗り込むところです。クラスの問題に第一人者として対処すべき担任がその能力に欠けているというのなら、教頭、校長、更にはその上の管轄者に話を持ってゆくのが当然のことでは？　あなたは守られなければならない。その必要があります」

みのるは驚いた。リチャードは明らかに怒っていた。滅多にないものの、正義が何かの事情で怒っている時には、いつも穏やかに「落ち着きなさい」と窘めるのがリチャードの役割だったが。

正義のいない時には、リチャードも怒りのオーラを発するようだった。

しかし真鈴は、間髪容れず激しく首を横に振った。

「だめ。絶対だめ。そんなことしたら私、転校になっちゃう。別に転校がそんなに嫌なわけじゃないけど……事務手続きがいっぱい必要になって、またお母さんに迷惑かける。今だって、毎日送り迎えしてくれてるのに、お弁当も作ってくれてるのに……これ以上迷惑かけたくない。私がもっと強かったらこんなことにはならないのに……自分で自分が悔しい」

「あなたは十分に強い。ご自分を誇るべきです」

「……私、強いふりをするのは得意ですけど、本当に強くはないです」

目を見張るような言葉だった。真鈴は心底悔しそうな顔をしながら、涙を流し続けていた。

「強い人っていうのは……クラスでたった一人でいても、全然平気で、やるべきことをばりばりできる人のことで……私はそういうの、目指してますけど…………全然うまくいかない。すごく弱い。つらい」

「真鈴さまは孤高の強さをお求めなのですね」

「……ここう?」

「たった一人、高みを飛翔（ひしょう）する鷹（たか）のような孤独と強さをまとう、ということです」

　真鈴は激しく頷いた。

「そういうのがいいです。空を飛んでればつらいことなんて全然なさそうだし、鷹なら爪があるから、いざとなったら戦える。私はそういうのがいいです」

　こえーよ、と良太が小さく呟（つぶや）いたのが聞こえた。リチャードにも聞こえたようで、少し笑った。

「怖がられるというのは身を護るのに有用な方法でもあります。全ての人間にオープンになる必要はありません。それは鍵のかかる部屋に似ています。友達がやってきた時にだけ、鍵を開けて部屋に通せばいいのです。不埒（ふらち）な輩（やから）はシャットアウトしましょう。あなたたちはそれを少しずつ学んでゆく年ごろかもしれません」

「……俺基準だとお兄さんもけっこう怪しいけど」

「それはそうでしょう。エクセレント。素晴らしい観察眼です」

「この人は正義さんの信用してる人だから！　僕は信用してる！」

良太とリチャードの間にみのるが立ちはだかると、リチャードはそっとみのるの頭を撫でた。

「ありがとうございます、みのるさま。胸に染み入るお言葉です。とはいえ空き家で一人仕事をしている外国人に出くわした場合、最も模範的な行動は『逃げること』です。それはお忘れなきよう」

みのると良太はうんうんと頷いた。その時。

「やっぱ、私…………謝っとこうかな」

ぼそりと真鈴が呟いた。もう怒鳴ってもいなかったし、泣いてもいなかった。

だがどこか諦めたような、灰色のつらさの漂う声色だった。そもそも、謝るとは？

「ねえそれ、どういうこと？」

「どうしたんだよ、鷹になるんじゃなかったのかよ」

「……だから、心を鷹にしてれば、学校で嫌なことがあっても、別にどうでもいいって思えるでしょ。鷹なんだから、人間の話なんて些細なことだし」

真鈴が本心からそんなことを思っていないのは声色ですぐにわかった。良太もそのようだったが、みのる同様何と言えばいいのかわからず言い淀んでいる。真鈴は絞り出すように言葉を続けた。

「……私の目的は公立の学校を卒業すること。そのために必要なことをしてるだけで、勉強も学校行事も同じ。我慢して頑張ればできることなんだから、我慢して頑張ればいいのかも。だから…………すっごい嫌だけど……リレーも、スカートの下に、スパッツとかはけばいいし……」

クラス全員の参加しているメッセージアプリを起動し、一度も連絡を取った履歴のないメールグループに、真鈴が何か、メッセージを打ち込もうとした時。

大きな手がすいと端末を持ち上げた。

三人は揃って、手の持ち主を見た。リチャードだった。

「改めて見れば見るほど、真鈴さまの仰る通りです」

「どういうことですか……？」

「『全部服がしょぼすぎ』です」

みのるは噴き出しそうになった。いつもたおやかに上品に、王子さまのような喋り方をするリチャードが、言うに事欠いて『しょぼすぎ』と言ったのである。だが良太は何がおかしいのかわからないようで、そうかこういうのはある程度親しくなった人間の特権なのだと、みのるは静かに悟った。何だか嬉しい体験だった。

リチャードは真鈴に語りかけた。

「真鈴さま、よろしければお見せしたいものがあります。みのるさま、良太さま、申し訳ございませんがそこで待っていていただけますか。面白いものをお見せします」

「申し訳ないんですけど、大人の男の人と二人になるのはNGです」

それもそうだった。だがそれをはっきり言える真鈴に、みのるは感動した。こういうことをきちんと言うことが、大人への第一歩である気がした。

リチャードは少し目を見開いたあと、嬉しそうに微笑み、しずしずと頭を下げた。

「大変申し訳ございません。言うまでもないことを言わせてしまいました。不躾なことを申し上げてしまい、卑賤の身を恥じるばかりです。それではしばらく、お三方はこちらで待っていていただけますか」

「了解でーす！」

三人は広間に取り残された。

空調が効いているとはいえ、やはりどこからかかびのにおいがする神立屋敷の中で、みのるたちはただ天井を見ていた。真鈴はもう泣いていなかったが、さっきまで取り乱していたばかりである。わいわいとお喋りをするような雰囲気ではなかった。

カチ、カチ、という柱時計の立てる音を聞きながら、みのるは不意に、口を開いた。

「……僕、川口先生に連絡してみようかな」

「は？」

問い返したのは真鈴だった。良太も首を傾げた。

「うちの担任に？　何を？」

「真鈴と、真鈴のクラスのこと……違う組でも、先生は同じ学校にいる同士だし、学年主任のはずだし……もしかしたら何か力になってくれるかもしれない」

「あー。お前頭いいな」

「余計なことしなくていいから」

間髪容れずに真鈴は言い返してきた。そうかなと思ったあと、そうではないかもしれないとみのるは思い返した。自分を助けに来てくれた正義を、最初は怖いと思ってしまったように。

「余計なことかどうか、何ですぐにわかるの？　もしかしたら役に立つかもしれないよ」

「立たないかもしれないし、もっと悪くなることだってあるかもしれないから。やめて」

「…………」

みのるは少し落ち込んだ。先生に相談するというのは、みのるなりに考えた結果だった。正義ならどうするのか。こういう時自分が正義だったら、どういう風に考えて、何をするか。

とにかくできることをしよう、と正義ならば言いそうな気がした。

だが当の真鈴が、それを望んでいないのならば仕方がない。正義もそういう時に、無理なことはしない気がした。

「リチャードさん、何してるんだろう」

「っていうかあの人何なんだ？　俳優？」

「正義さんの仕事の先輩で、先生なんだって」

「中田さんの先輩？　先生？」

真鈴、良太、みのるの順で腰掛けていたソファで、真鈴は立ち上がらんばかりに身を乗り出してみのるを見た。さっきよりずっと元気そうな顔をしていた。真鈴は正義の話をすると元気になるようだった。

「ええと、リチャードさんは銀座の宝石店に勤めている人で」

「ああ、昔でいうハウスマヌカン的な感じじゃね。ぴったり」

「はうすまぬかん？」

「アパレル店にはお店の服を着てニコニコしてる店員さんがいるでしょ。あれよ。昔は私のお母さんもやってた。宝石みたいな顔面の持ち主だもん、お客さんがいっぱい来そう」

「ええと、そういうのじゃなくて、宝石商をやってるんだって」

「……本当に中田さんと同じ仕事をしてるってこと？　宝石の専門家？」

「だと思う……」

「『だと思う』って、そもそも君とはどういう知り合いなの？」

「ええっと」

どうやって説明するのが一番わかりやすいだろう、と思いつつ、みのるが目を泳がせていると、遠くから足音が聞こえてきた。

「お待たせいたしました」

「うおーっ、何かすげー箱！」

良太の叫びの通り、リチャードは『何かすげー箱』を持っていた。校長室の絨毯（じゅうたん）のような、毛足の長い布が貼られていて、ヘルメットが三つくらい入りそうな、宅配便の営業所で売っている一番大きな段ボールくらいのサイズだった。赤い布のところどころに、ぴかぴか光る虹（にじ）色の素材やツヤツヤした白い石がくっついている。中身が何であれ、箱だけで素晴らしい高級品であることは疑いなかった。

正義がお茶を並べてくれたテーブルに、リチャードは音もなく大きな箱を置き、懐（ふところ）から鉛（なまり）色の小さな鍵を取り出した。天面に開いた穴に差し込み、ゆっくりと回すと、ぱちんとばねの弾けるような音がする。

「ご覧ください」

三人は箱の中を覗き込んだ。

きれいに折りたたまれた布。そして鮮やかな赤色に輝く——宝石。

リチャードは手袋をはめた手で、そっと布をつまみ、広げてみせた。半透明のベールに、裾に花模様の刺繍の入ったローブ、きらきら輝く小さな紅色の玉の連なり。おそらくは頭につけるのだとおぼしき、白銀色の星の冠。真っ赤な作り物の花の簪。息を呑むような品物だった。みのるは思わず見惚れた。

「リチャードさん、これ……何ですか………？」

「気合の入ったコスプレ衣装とか？」

「そんなわけないでしょ」

真鈴は窘めたが、リチャードは良太を見つめて頷いた。

「素晴らしい。その通りです」

「へえー！　さすが俺じゃん。大正解ー」

良太は納得していたが、みのると真鈴は顔を見合わせ、そんなわけがないと視線を交わした。コスプレというのは早くても二十世紀の後半に生まれたであろう楽しみである。箱の中身は百年どころではない昔の品物に思われた。

リチャードは少し居住まいを正し、あたりを少し探してから、使われていない帽子掛けを持ってきて、一揃いの衣装を丁寧に陳列していった。

白銀の冠、耳飾り。赤色の花簪と首飾り。淡いクリーム色のベール。表が紫で裏が深緑のローブ。紫色の靴。

途方もない美しさで彩られた、統一感あふれる衣装とジュエリーたちだった。

「アルフォンス・ムハ、日本では長らく『ミュシャ』と呼ばれ親しまれてきたチェコの画家をご存じですか？　あるいはこういった絵は？」

リチャードは懐の端末を取り出し、画像を検索をした。ギリシャ神話の登場人物のような薄布姿の、美しい女性たちの絵が並んでいる。映画のポスターやチョコレートの箱のような絵と共に、油絵の作品も交じっていた。

真鈴は目を見開き、ジャラジャラした髪飾りや耳飾りをつけた女性の絵を指さした。

「……私、知ってます。これじゃないんですけど、よく似てる絵を見たことがあります……家族と大阪の美術館に行った時、ポストカードを買ってもらって、今も部屋に飾ってあります。すごく可愛かった……」

リチャードは画像検索でまた別の絵を探し出し、真鈴はそれですと頷いていた。みのるの知るリチャードは、寝起きの時以外いつもスマートだったが、今日は身のこなしといい眼差しといい、そこに磨きがかかっているように見えた。

表示されているのは、夢見るように中空を見つめる、きれいな女の人の絵だった。先端のとがった雪の女王のような冠。赤い花飾り。耳飾り。

箱の中に入っていた衣装とよく似ていた。

「こちらは彼の作品『ヒヤシンス姫』をモチーフにした舞踏会のための衣装です。もともとバレエの演目に登場するヒロインであったそうですが、もちろんこの衣装は踊る時に着用するものではなく、広報ポスター用の衣装であったとか。おとぎ話に憧れる鍛冶屋の娘の衣装であるため、あちこちに鍛冶に関係したモチーフが組み込まれていますが、民族的かつエレガントに仕上がっているのはさすがのムハと言うべきでしょう。このようにトータルコーディネート、髪飾りから首飾り、腕輪に至るまで統一的にデザインされたジュエリーは、『パリュール』と呼称されることもございますね。ゴージャスな服飾品の総称です」

「ガチで？　え、何でここにそんなもんがあるの……？」

「こちらのお屋敷にまだ人が住んでいた頃には、時折そういう舞踏会が催されていたようです。こちらはその時に使われていたお品の、ほんの一部です。いかがでしょう、真鈴さま」

お試しになってみては？　と。

リチャードは試着を勧めるブティックの人のように、真鈴を見つめて微笑んでいた。え、とみのると良太は呻いた。

この、美術館に飾られているような服を、実際に着る？

真鈴もびっくりしたようだったが、リチャードは大真面目だった。

「百年も前の衣装というわけではありません。せいぜい半世紀です。そっと着用すれば傷みはしないかと。少なくともこの衣装は『しょぼすぎ』ではないことを請け合います。現代を生きる人間に着てもらえるのなら、服も喜ぶことでしょう」

「……どうして私に……？」

「多少、気分が晴れるかと」

そう言ったあと、不思議なことが起こった。

リチャードが一度、ウインクをしたのである。

みのるにだけ見えるように。一秒の何分の一もの短い時間。

みのるはその仕草に見覚えがあった。朝の時間、正義がみのるにだけヌテラというチョコレートペーストをおまけしてくれる時、言うまでもないことにみのるにだけ気づいてほしい時、時々そういうことをした。

「……ねえ、その服を着た写真を、クラスのメールグループに投稿したら？」

「え？」

「は？」

真鈴と良太は同時に怪訝（けげん）な顔をした。真鈴は呆れているようだった。

「もしかしてこれで走れって言ってるんじゃないでしょうね。できるわけないじゃない。破れちゃうし、そもそも貸してもらえないでしょ」

「そ、そういうことじゃないよ。ただ『しょぼくないコスプレっていうのは、こういうことを言うんだ！』って見せられる。そうしたら……」

あんなものを着せようとする気持ちは消えてしまうのではないか、と。

真鈴は変な顔をした。考えてもみなかったようだった。みのるは急に自分が死ぬほど馬鹿なことを言ったような気がして、恥ずかしさのあまり爆発したくなったが、真鈴は考え込む素振りをしてみせた。

そして呟いた。

「……嫌味にならないかな」

「や、これはすごすぎて嫌味とかそういうレベルじゃねえだろ。俺もその作戦はいいと思う。少なくともみんな死ぬほどビビるだろ」

良太もみのるに同意していた。

真鈴は再び黙って考えていたが、その前に心は決まっていたようだった。

「とりあえず、着る。着てから考える。これはぶかぶかのワンピースとガウンだから、服は全然脱ぐ必要がなさそう。とりあえず着替える場所を探さなきゃ」

「は？　脱がなくてていいんだろ？」

「わかってないね。どうせなら『ジャジャーン！』ってやりたいでしょ」

真鈴はリチャードに案内され、キッチンの方向に消えた。

「どれくらい待つのかなあ。俺の母ちゃんの化粧って、下手すると一時間かかったりするし……」

しかし真鈴は二十分ほどで戻ってきた。

動きにくい裾を持ち上げて、リチャードにエスコートされて。

赤い首飾りをしゃらしゃらと揺らし、赤い花飾りをきらめかせ、白銀色の王冠をかぶって。

良太とみのるは言葉を失い、真鈴は吠えた。

「さあ見て！　隅々まで見なさい！　ヒヤシンス姫の登場よ！」

口紅を塗り、赤い口になった真鈴は、長い黒髪を三つ編みにして左右に垂らしていた。

「うおーっ！　すげえ！　それもうゲームとかのキャラじゃん！　レア度がＳＳＲじゃん！　すげえ、すっげー！」

「真鈴、その……絵からそのまま出てきたみたいだよ！」

「もっと言って。もっといっぱい褒めて。気分がいいから」

「いよっ！　日本一！　世界一！　志岐真鈴！」

「素敵だよ！　渋谷にいそう！」

「原宿にいそうだ！」

「君たちが渋谷にも原宿にも行ったことがないのがよくわかった。今度連れて行ってあげるね」

真鈴は笑っていた。そしてクリームの乗ったドリンクをそっとかき混ぜるように、極限までゆっくり、一回転してみせた。

真珠の首飾りが、赤いヒヤシンスの花飾りが、耳から垂れた花のイヤリングが、ドレスの裳裾が、ガウンのひらひらが、花のようにふわりと盛り上がる。

人間ではなく――生きた花のようだった。

良太とみのるは何も言えず、ただ茫然と真鈴の姿を見ていた。

リチャードが穏やかに笑い、一礼した。

「この世に咲き誇る美しい花にお目にかかれたこと、身に余る光栄に存じます」

「サンキュー。あ、英語で合ってますか？　メルシー？」

「ジュヴゾンプリ。どちらでも。半分はイギリスの血が流れていますが、もう半分はフランスです。魂（たましい）は少しずつ日本の色に染まりつつあるように思いますが」

「モデル業に興味ありませんか？　うちの事務所、外国人部門もあるんです。私の推薦がなくても、お兄さんなら余裕で入れそう」

「申し訳ございませんが、今の仕事に打ちこみたいと思っておりますので」

正義とリチャードと三人で出かけた時、時々リチャードは同じことを言われていた。そして同じように「残念ですが」「申し訳ございませんが」と微笑みながら応対していた。相手の態度が明らかに失礼な場合には涼やかな顔で無視する。いずれにせよモデルや芸能人には興味がないようだった。

真鈴は胸を張り、スマホを出せと良太とみのるに迫った。何をするのだろうと思っているうち、真鈴は自分自身の顔を指さした。

「コンペするよ。写真のコンペ。君たちのどっちが、私をより魅力的に撮影できるか競いなさい。で、その一枚をクラスのメールグループに投稿する」

「おお！　やるのか！」

「カメラマンの腕次第だけどね。あんまりへぼだったら私が自撮りする」

「よっしゃ！　任せとけ！」

良太はいつものように乗せられやすかった。そしてスマホのカメラの扱いがうまかった。

まず良太はムハの『ヒヤシンス姫』を食い入るように眺め、これを完コピしようと提案した。物憂(ものう)げに椅子に腰かけ、頬杖(ほおづえ)をつき、見る者を少し挑発するような顔をしている姫君を。確かに今の真鈴のムードにはぴったりかもしれなかったが、みのるにはそんなに魅力的な姿には思えなかった。だが真鈴はモデルらしく、てきぱきと良太の指示に従った。広間に置かれた壮麗(そうれい)なソファは、あつらえたように姫君にマッチした。

端末を構えて背伸びをしたり、階段を上ったり、果ては広間に腹ばいになったりと、良太はさまざまな角度から何十枚も写真を撮り、最後には巨匠のような顔で、まあこれでいいだろうと頷いた。真鈴は伸びをした。

「はーい、終了ね。次は君の番だよ、みのる」

「真鈴、疲れてない……？」

「ウケる。バリ島のロケとか四時間ぶっ続けだったし。ろくに水を飲む時間もなかったよ。あれに比べたらどこも天国」

リチャードはまた顔をしかめたが、真鈴が変な顔をすると、何でもございませんと首を横に振った。

みのるの前で、姫君の格好の真鈴は腕を広げた。

「どうすればいいの？　オーダーしてよ」

「ええと……」

みのるは考えた。考えた末。

「……いつもみたいに動いてくれる？」

「どういうこと？」

「歩いたり、座ったり、笑ったり、怒ったりしてほしいんだけど……」

「変なオーダー」

言われてみるとその通りだったが、真鈴はみのるの指示に従ってくれた。のんびり歩いたり、椅子に座ったり、リチャードに許可を取ってから、いろいろな家具に触れたり寄りかかったりする。その全てを、みのるは丁寧にスマホのカメラで切り取っていった。

「ねえみのる、本当にこれでいいの？」

「…………」

写真を撮り続けるうち、みのるには撮りたい画ができた。だがうまく言葉にならない。

みのるは再び『正義なら』式に考え、たたたっと階段を上った。

「試しに、ここに立ってみて」

真鈴は何も言わずにみのるに従ってくれた。次にみのるは体を反らすように振り向いてみせた。

「こんな感じで……少し後ろを向いて」

「それでお手本のつもり？　体が硬すぎ。ロボットみたい。『少し』ってどのくらい？　そういう撮影も多いから、私は気持ち悪いくらい振り向けるけど」

「ええと……」

真鈴はみのるが階段を下りるのを待たず、少しずつ体を動かしてゆくロボット人形のように、振り向く角度を増やしていった。ストップと言ってほしいらしい。みのるは声をあげた。

「そう、そのくらい、こっち見て。笑って……………ええと、あんまり笑わないで」

「どっちよ！」

「さりげなく笑って」

真鈴は噴き出したようだった。ほどよい笑顔だった。みのるはその瞬間スマホの白いボタンをタップした。カシャリという音がする。真鈴の姿が画面の中で永遠になる。

その後もおぼつかない指示を出しつつ、みのるは真鈴の撮影を続け、最終的には百枚ほどの写真がスマホに収まっていた。凄まじい分量である。みのるはそこで初めて、真鈴が撮影中には三十秒も休憩していないことに気づいた。

「真鈴、ごめん。続けすぎた。大丈夫？」

「何が？　志岐真鈴は体力おばけのモデルなんですけど？」

「無理すんなよ。その服、絶対二キロ以上あるだろ。どっか座れって」

「お茶が入りましたよ」

リチャードの声がした。美しい銀色のお盆に、不思議なひょうたんのような形のティーポットとカップが四つ。お皿にはジャムのクッキーが盛られている。

「休憩にしましょうか。真鈴さま、お衣装を。衣紋掛けに広げておきましょう」

「えもんかけ？　って何ですか？」

「ああ、お若い方はそうは仰らないのですね。服をかけておく家具のことです」

「この外人さん明らかに俺より日本語が上手だな……」

リチャードは全く表情を崩さず、穏やかな笑みを浮かべ続けていた。だがみのるはその瞬間、リチャードのかわりに胸を氷の杭で突き刺されたような気がした。気づいた時には声が出ていた。

た。

「良太。『外人さん』はやめようよ。リチャードさんはリチャードさんだよ」

「え？」

思っていたより大きな声が出たことに、みのる自身驚いていたが、言葉は止まらなかった。

「……いきなりごめん。でも僕、その呼び方、あんまり好きじゃないんだ」

やめてほしいなとみのるが頼むと、良太は特に鼻白んだ様子もなく、いつもの調子でへーと言った。

「いーよいーよ。了解。でもそういえばそうだよな。俺も林のこと好きだけど、あいつのこと『外人』って言ってるやつには腹立つ」

「馬鹿。今そっちが同じことをしてたって話でしょ。リチャードさんに謝ったら？」

「お気になさらず。日本語を全く理解しない生物として扱われることにも慣れております」

三人はしんとした。リチャードはそれまでと同じ、穏やかな笑みを浮かべ続けていた。否定とも肯定とも、喜びとも怒りともわからない表情を。

良太は改めて小さくなり、頭を下げた。

「……すんませんでした」

「どうぞお気になさらず。しかし、心からそういう風に言ってくださることを、私はとても嬉しく感じます。良太さまはお心が広く、友達に優しい方ですね」

「うひょー！　俺こんなに褒められるの初めてかも！　母ちゃんに聞かせてやりてー！」

みのるはリチャードを手伝い、四人分のお茶をいれるのを手伝った。予想通りロイヤルミルクティーだった。正義もリチャードも好きで、時々家でもつくってくれる、煮立てた茶葉に牛乳をいれた甘い紅茶である。暑い時期に熱いお茶を飲むのはどうなのかという顔をしていた良太も、一口飲むと目を見開いた。

「これうまいな……」

「おいしいです」

ありがとうございますとみのるが頭を下げると、リチャードは異国からの客人をもてなす王子さまのように微笑んだ。ジャムのクッキーも当たり前のようにおいしくて、信じられないほどみずみずしいイチゴの味がした。

「それじゃあ結果発表ね。はい、スマホ貸して」

「ああ？」

「写真のコンペだったでしょ！　どっちの写真が一位なのか、私が決めてあげる」

良太とみのるは苦笑いしつつ、写真アプリを開いて、真鈴の前のテーブルにスマホを置いた。真鈴は慣れた手つきで膨大な画像を流すようにスワイプしてゆき、気になるものがあった時だけ人差し指でタップして拡大した。

「ふーん……ふーん。あ、これいい……こっちもいいなあ。へー！　偶然だけどこのライティングは神ってる……」

良太とみのるはどきどきしながら真鈴の裁定を待ち、リチャードは涼しい顔でお茶を飲んでいた。いつもの通りまっすぐな姿勢で、無音でお茶を飲んでいたが、正義とみのるの三人でいる時より、どこか気取っているようにも見えて、みのるはリチャードがより好きになった。

たっぷり時間を取ったあと、真鈴はうんと大きく頷き、告げた。

「総合点をつけるなら良太のほうが出来がいい。コンセプトがしっかりしてるから、つまり、やろうとしてることがはっきりしてるから、大きなポカがないってこと。でも時々偶然に味方されて神がかってる写真を叩きだすのは、みのるのほう。あといろんな構図があって、見てて楽しかった」

「つまり？」

「この勝負、引き分けよ」

真鈴はバレエダンサーのような優雅な所作で、セーフと示す野球の審判のように両手を水平に広げた。みのるが拍手すると良太もつられて拍手し、リチャードも手を叩いてくれた。真鈴は楽しそうに笑っていた。

「良太とみのる、どっちも写真の才能あるね。もちろん被写体がいいのもあるけど」

「ははっ！　真鈴、めっちゃ元気出たじゃん。よかったなー」

　みのるが思っていたことを、良太は先に口にした。真鈴は少し恥ずかしそうな顔をしたあと、それでもにっこり笑ってみせた。

「あんなにきれいな服を着て、元気を出さないほうが無理。それに撮影もしたし。どっちも私の大好きなもの」

「やっぱお前って根っからのモデルなんだなあ」

「その通り。いいこと言うじゃない」

　その時、真鈴の瞳がきらりと輝いた。

　宝石だ、とみのるは思った。美しいとかきれいだとか可愛いとか、そういうことではなく、ただ宝石だと思った。茅ケ崎(ちがさき)で出会った香菜(かな)のように、自分が大切だと思うものをきちんと大切にしている人の瞳だと。

　正義とリチャードが大事にしているものの欠片(かけら)が、みのるにはほんの少し見えたような気がした。

　しかし真鈴は、思いがけない言葉を続けた。

「だから私にとっては、学校なんておまけなの」

場の空気は再び、沈んだ。その理屈からすると良太もみのるも真鈴にとっては『おまけ』の領域で出会った存在ということになるので、必然的にモデルの関係者よりどうでもいい存在だと思われていそうな気がした。やや遅れてから言葉の意味に気づいたらしく、あっと真鈴は慌てた。

「君たちは別。っていうか学校より、君たち二人のほうが私にとってはビッグだから。仮に学校がなくなっても、君たちと中田さんには会いたいと思ってるし」

「うおー、安心した。俺たちのことも『どうでもいい』枠かと思ってビビったー」

「そんなこと言うわけないでしょ。私は確かに性格が悪いけど、そこまでクソじゃないし」

「うん。真鈴が学校より仕事のほうが大事だと思ってることは知ってるし、それでも頑張って学校に行こうとしてるのも、わかってるつもりではいる」

「……ありがと」

真鈴は少しだけ、顔を隠すように俯いたが、その後すぐ傲然と顔を上げた。

「だから別に、クラスの全員が私のことを嫌いでも、そんなのどうでもいいって話。本当にどうでもいい。そもそも長い人生の中のたった一年だし。来年度にはクラス替えだし」

みのるは真鈴の言葉を半分だけ信じることにした。ついさっき泣きながら、できることならクラスの子とも仲良くしたいと言っていた真鈴の気持ちも、嘘とは全く思えない。だがそれがうまくいかなかったとしても、自分の人生の中の短い期間のことでしかないのだからそんなにつらくはないのだと、真鈴は頑張って主張しているような気がした。

そこでリチャードが口を開いた。

「真鈴さまの性格が悪いと、私は思いません。日本においては微妙に異なるのかもしれませんが、少なくとも私が生まれ育った欧州においては、自分の意見をはっきりと言えることは、わかりやすい美徳とされます。それは性格のよし悪しとは全く別の徳としてカウントされます」

へえーと良太とみのるは頷いた。そして良太はふざけた調子で言った。

「……真鈴、お前海外に留学とかしてみたら？」

「それは考えてる」

「えっ」

驚く二人をよそに、真鈴は平然と話した。

「秘密の話だけど、私、高校からはアメリカに行ってもいいかなって思ってるんだ。高校からが難しいなら大学からとか……日本の雑誌のモデルの仕事はできなくなるけど、そうしたらアメリカで仕事を探せばいいし。だから私は髪を切らないの。いかにも『日本人！』って感じの髪だから、むこうに行った時に売り込みやすそうでしょ」

ぽかんとしてしまうような話だった。みのるは学校で次に習う数学や英語の単元の予習もおぼつかないのに、真鈴はもう高校や大学のことを考えている。すごすぎる気がした。

良太は感心したふりをしつつ、でも真鈴は頭がよくないから留学は難しいんじゃないかと言い、真鈴は英語だけなら絶対負けないと言い返していた。

いつまでも話が続きそうだったので、みのるはひかえめに、リチャードの真似をして咳払いをしてみせた。

「それで……あのさ、メールグループに写真を送るのは、どうなったの？」

「あ」

真鈴は目を見開き、預かったままになっていた二人のスマホを素早く操作すると、それぞれのコンペ一位の写真を自分のスマホに共有させた。

「そうねえ……じゃあみのるの写真にしようかな」

「何でだよ！　俺の写真もいいじゃん！」

「私のクラスのやつらは『ヒヤシンス姫』の本物の絵なんて知らないでしょ。みのるの写真のほうが全部の飾りがきれいに見えて、服の凄みが伝わりやすい」

リチャードは感心した顔をしていた。確かに真鈴の説明はわかりやすく、どちらにも何の肩入れもしていないとよくわかる。学校の係決めや班決めの時にも、真鈴の説明と同じくらいいつもわかりやすく誰かが説明してくれたらいいのにと、みのるはぼんやりと考えた。

真鈴はメッセージアプリを開き、一度も使った痕跡のない『クラス』というグループを開いた。メッセージボックスにはまだ何の言葉もない。

真鈴の指は震えていた。

みのるが名前を呼ぶと、真鈴はきっと画面を睨んだ。

「勘違いしないで。怖がってるわけじゃないから。びっくりさせてやるのが楽しみなだけ。でも……でも、何て書けばいいの？　メッセージ、何にもなくてもいいかな……？」

と。

「何か一言でも書き添えておくと、見た人々の思考のベクトルを定めることができます」

リチャードが声をあげた。どういうことだ？　という顔をする良太の隣で、みのるには言っていることがわかった。

「あの……『これは好きじゃない』って書き添えてアップするか、『これが好き』って書いてアップするかで、見た人の第一印象が変わるっていうのと同じ話ですか？」

「マーベラス。素晴らしい。その通りです」

「わかります。雑誌の写真にも絶対にみんなキャプションがあるもの。『こう考えて！』って相手の印象を操作するのは大切だって、社長もよく言ってます」

「あ、こういうのは？　『このレベルのコスプレだったら着る！』」

良太はふざけた口調だったが、みのるには悪くない案のように思えた。真鈴もそう思ったらしく、いいわね、と呟いた。良太は逆に慌てていた。

「ちょ、ちょっと待て、俺責任とれないぞ。ほんとにそれで行くの？」

「誰も『これは赤木良太くんの発案です』なんて言わないから安心して。じゃあ、アップするよ」

真鈴は良太発案のコピーをぽちぽちと打ち込み、写真と同時にメールグループにアップした。しばらく『アップロード中』を意味する白い輪がぐるぐる回り、最後に消える。

数秒後、猛烈な勢いで既読マークのカウントが回った。メッセージが溢(あふ)れたのはその後だった。

『は？』

『すご』

『何これ』

『真鈴だ』

『真鈴本人？』

『テーマパークの人かと思った』

『これコスプレ？　ガチのやつ？』

『すごすぎ！　写真保存していい？』

『保存して私のＳＮＳにアップしてもいい？』

『真鈴ちゃん美しすぎて神！　動画作っていい？』

　みのるが顔をしかめる前に、あー、と真鈴が声をあげた。心なしか嬉しそうな声だった。

「最初に『転載不可』って書いておけばよかった。二度手間って嫌ですね」

　真鈴は『転載はしないでください』と柔らかい調子で書き込んでいた。こういう時にも大人っぽい対応ができることに、みのるは真鈴の凄みを感じた。

　ぞくぞくとメッセージが続いてゆく画面を眺めながら、真鈴は無表情だった。そして嘆息した。

「…………何か、ちょろすぎてうざい。っていうか怖い」

「え？」

「メッセージの上に名前が出てるでしょ。こいつら今日私を教室で泣かせて、陰口（かげぐち）を言ってたやつらばっか。でもそんなこともう忘れてるんだ。それで私も『そんなこと気にしてない』と思ってる。あ、そういうことすら考えてないのかな？　馬っ鹿じゃないの？　一生忘れてやりませんけど。私はそういうレベルの恨みを抱いてるのに、こいつらはそんなことわかってもいないんだって思ったら、何か怖くない？」

真鈴はみのるを見もせず、でこぴんをするようにべしべしと人差し指でスマホの画面を叩いた。そしてソファのクッションに向かって端末を放り投げた。

何と言ったらいいのかわからず、みのると良太が顔を見合わせていると。

「真鈴さまは、『コスプレ』という言葉のもともとの意味をご存じですか？」

澄み渡った清流のような声で、リチャードが喋った。

良太さま、みのるさまは？　とリチャードは付け加え、良太はふざけて直立不動の姿勢になった。

「はい！　俺は何にも知りません！　……みのるは？」

「え？　えーと、えーと」

「コスチューム・プレイ」

答えたのは真鈴だった。発音が横文字っぽかった。

ですよね？　と問いかける瞳に、リチャードは優しく頷いた。

「その通りです。これはもともと演劇用語であったと言われています。現代日本においても、古代ローマの時代や、あるいは中世のドイツ、絶対王政下のフランスなど、異なる時代、異なる場所の芝居を演じる時にはそうなることが多いかと。上演時とは異なる時代の衣装をつけて行う芝居を、コスチューム・プレイと呼んだのです。プレイという単語に『演劇』という意味があることを、真鈴さまならばご存じかもしれませんが」

「知ってます、知ってます。単語帳に載ってましたけど、実際に使われてるのを聞くのは初めてです。あ、でもコスプレって単語は知ってたから……」

「知らないようで知っていた、ということになりそうですね」

リチャードは言葉を引き取り、話し続けた。

「『人生は芝居、人は皆役者』とは、私の母国の著名な劇作家の言葉ですが、ある意味で私はその通りであると考えます。私たちは日々、自分自身という役を演じているのです」

「はあー？　わかんないな、俺はいつも赤木良太だけど？」

「……ええと、それが『赤木良太』っていう人の役とも考えられる、ってことじゃない？」

「全くわからん！」

みのるには何となく、本当に何となくなら、リチャードの言っていることがわかる気がした。

お母さんといる時、みのるはいつもある意味で『霧江みのる』という役を演じていた。

やりたいことはいろいろあったし、お金もほしかったし、ご飯ももっと食べたかったけれど、そんなことはつゆほども思っていない、お母さんとの生活にまあまあ満足している子どもとしてふるまうことを自分に課していた。そういうふりをしなければお母さんが大暴れしそうで怖かったからである。そのうちみのるは、どちらが本当の自分なのかよくわからなくなっていった。本当にやりたいことも、ほしいお金も、食べたいご飯も、具体的に想像するのがどんどん難しくなっていった。

正義と会い、一緒に暮らし始めた時、みのるは今まで誰にも顧みられなかったほうの『自分』が、初めて明るいところに出てきて、誰かと目を合わせてもらえた気がした。

正義が微笑みかけてくれたことが、みのるは心の底から嬉しかった。

だがそんなことを上手に説明するのには、それこそ真鈴レベルの言葉選びのうまさが必要になる。みのるには無理だった。ええと、ええと、と言い淀んでいるうち、首を傾げていた真鈴が、あ、と口を開いた。

「それってもしかして、私たちはみんな『私』って役のコスプレをしている……っていう話になりますか？」

「素晴らしい。私の話の先をお読みになられたのですね。その通りです」

「それはわかりましたけど、言いたいことはまだよくわからないです」

では端的に、とリチャードは告げた。端的という言葉は、先週からみのるが学習している現代文の単元に出てきた言葉で、最近リチャードがよく使ってくれる単語だった。

「あなたという服、すなわち『志岐真鈴』というコスチュームは、あなた次第で着替えることができます」

怪訝な顔をしたのは良太だった。それは整形手術とかの話？　と真鈴に尋ねて無視されていた。

「だって自分は自分じゃん？　自分を着替えるとか無理じゃね？　それこそ服じゃないんだから」

「その通り。ですから『着替えた』と、自分自身で思うほかないのです。言いかえれば、あなたが思っているあなたという服は、考え方次第でいくらでも着替えることができる」

良太はぽかんとしていたが、真鈴はリチャードを見つめていた。二人の美しい人間の間に通い合うあたたかなものが、みのるには見えたような気がした。

リチャードは真鈴に向けて話し続けた。

「クラスの人々が思う『志岐真鈴』という存在が、あなたの全てではない。それはただのあなたという役の断片にすぎず、なんとなれば着替えることもできる『コスプレ』です。それを見てあなたのことをジャッジし、あまつさえコントロールしようとする人々のことなど、捨て置いてしまうのがよろしい。いえ、言葉が強すぎました。私があなたの立場であれば、路傍の石と思い、『おや、何かがそこにいるけれどよく見えない』と無視してしまうかと」

「……リチャードさんって、ジュエリーショップの店員さんだと思ってたんですけど、実はけっこう、偉い人ですか?」

「まがりなりにも店主をさせていただいております」

「へえーっ！　なんとかマヌカンじゃないんだ！」

真鈴が夜叉のような顔で良太を睨んだが、リチャードは微笑むだけだった。

「一口にジュエリーショップに勤めていると申し上げても、いろいろな職種がございます。『宝石にかかわる仕事をしている人間』程度に思っていただければよろしいかと」

「そうなんですね……えっと、お国は……イギリスかフランス……?」

イングランド、とリチャードは横文字で発音した。へえーっ、と頷いたのは真鈴だけで、良太はきょとんとしていた。リチャードは、イギリスでございます、と言い直した。良太は今後こそ、ああーと頷いた。

「知ってる知ってる、英国紳士！　漫画で読んだ。礼儀正しいけど嫌味がきついんだよな」

「やめなさいよ良太。失礼なこと言ってるわよ」

「生身の人にそういうことを言うのは、どうかと思う……」

みのると真鈴がステレオで窘めると、リチャードは少し嬉しそうに笑った。

「あながち間違ってはいないかと。イギリス人は世界で一番厳しい、笑えないジョークを言うことでも有名な国民です」

「えっ、そうなんですか？　じゃ……何か言ってみてくれます？」

「それはできません。私はイギリス人ですので、そのように不躾なお願いに応えるのは流儀に反します」

ジョークをリクエストした良太は、びっくりして恐縮したようだったが、その後しばらく考えてから噴き出した。

「今のも、そうですよね？」

リチャードはつんとした顔をしてみせたあと、あたたかな微笑を浮かべた。良太とみのるは少しぽおっとしてしまうほどの美しさだったが、真鈴はただ楽しそうに笑った。

「ありがとうございます。今の話って……『志岐真鈴』って服を、いっぱい、もっといっぱい、いーっぱい着替えられるようになっても、私は私、ってことですよね」

「そのように思います。もしそうでなければ、私は別の言語を喋るたびに顔が変わっているはずですので」

真鈴は笑った。少し泣きそうにも見えたが、広間に入ってきた時のはりつめた顔や、水風船が破裂したように泣いていた顔とはまるで違う、じんわりとぬくもりが染み出すような微笑みだった。

「何かよくわかんないけど、真鈴が笑ってるからよかったなー！」

みのるも良太の言葉に同意だった。リチャードの言葉は難しく、みのるにもいつも全てがわかるわけではなかったが、それでも悪いことを言っているのではないことは明らかだった。後からチクチク刺されるような気持ち悪さが追いかけてこないからである。

クッキーを全部食べ切ってしまうまでお茶会を続けたあと、三人は神立屋敷から引き上げることにした。真鈴は三人を代表するように一歩前に出て、リチャードに深々とお辞儀をした。

「今日は本当にありがとうございました。ご迷惑をおかけしてしまってすみません」

「そのようなことは決して。どうぞお気になさらず」

「ありがとうございましたー！　それで、あの……ここってまた遊びに来てもいいんですか？」

「そうですね、中に誰もいない時にはご遠慮いただければと思いますが」

「じゃ、ノックして『リチャードさん！』って言いますね。返事がなければ帰るんで」

「そうしていただければ幸いです」

みのるは最後に、ちらりとリチャードの顔を見た。

リチャードは最後まで、よそゆきのリチャードの顔をしていた。

屋敷から引き上げようと、リチャードに背を向けた時、不意に真鈴が叫んだ。

「あーっ！　今日の服、中田さんに見てもらいたかったなあ！」

「はあ？　写真撮りまくったじゃん。みのる経由で中田さんも見るだろ」

「写真はまっ平でしょ。本物のほうが絶対に綺麗じゃない。それに『志岐さん、素敵だよ！』って言ってくれるかもしれない」

「写真を『素敵だよ！』って言うのじゃだめなの？」

「写真を幾ら褒められたって、私にその声が聞こえるわけじゃないから」

みのるは呆れて、振り返った。リチャードも苦笑しているかもしれないと思ったからだった。

「…………？」

だが、みのるは少し戸惑った。屋敷の二階にある仕事場に向かおうとしていたリチャードは、上段に片足を乗せたまま立ち止まっている。相変わらず穏やかな微笑みを浮かべてはいるが、その時に見たリチャードの笑顔が少しだけ、それまでとどこかが違うように見えた気がした。

そういえば何故自分は真鈴に、リチャードと正義は一緒に暮らしていてとても仲がいいんだと言えなかったのかと、みのるは二人と別れてから、家でひとり考えた。言ってしまったらもっと二人とリチャードは打ち解けられたかもしれなかった。

だがそうはならなかったかもしれなかった。

自分は何を不安に思っているのだろう、と考えているうち正義が帰ってきたので、みのるはそれ以上同じことを考えられなくなった。東京での仕事が入ってしまったとかで、リチャードは一緒に食事をとることができない。みのるは昼間の神立屋敷でのことを適度にはしょって正義に説明し、ついでに真鈴のヒヤシンス姫姿の写真を見せた。

「へえ……これ、みのるくんが撮った写真なの？」

「そ、そうです」

「すごいよ。写真の才能があるんじゃないかな。画面を切り取るのって難しいことで、俺は練習してもなかなか上手にできないんだけど、みのるくんはそれがしっかりできてる。今度秋葉原にカメラを見に行かない？」

「えっ、えーと、あの、えーと」

「ああごめん。俺が先走っちゃ意味ないよな。もしかしたらスマホのカメラだけじゃなくて、一眼レフのカメラが使いたいんじゃないかなって」

「そ、そういうのはわからないです！　でも、あの……真鈴、さんに対して、何か感想、ありますか？」

みのるは勇気を振り絞って尋ねた。

落ち込んでいた真鈴は元気になったが、クラスが消えてなくなったわけではないし、体育祭もまだ終わっていない。まだつらいことはありそうだった。だがそういう時、真鈴が何かと気にかけている中田正義の言葉があれば。

たとえばかっこいいとか、あるいは素晴らしいとか。

真鈴はもっと元気になってくれそうな気がした。

正義はしばらく、眉間に皺を寄せてうんうんと考えたあと、うんと頷いた。

「頑張ってる」

「……真鈴が？」

「うん。俺が中学生の時、こんな顔はできなかったと思う。嫌なことがあっても切り替えて、自分がどんな風に写真に撮られるのか考えるっていうのは、才能っていうより努力の結晶じゃないかと思う。だから志岐さんはすごいし、とても頑張ってると思う。保護者目線で言うと、ちょっと頑張りすぎてる気がして心配になることもあるけど」

「……正義さん、もしかして」

「リチャードと昼間に少し電話した。今日の話のあらかたのところは教えてもらったと思う。もちろんプライバシーの問題があるから、俺が『知ってる』っていうのは、みのるくんだけの秘密にしてほしいし、俺も『知りません』って素振りで通すけど」

「わ、わかりました」

みのるが頷くと、正義はそっとみのるの頭に手を置き、ぽんぽんと静かに撫でた。

「みのるくんも頑張ってる」

「…………」

「すごく頑張ってる」

「僕は、全然です……」

「そんなことない。俺は知ってるよ。さてと、そろそろ片付けようか。お皿を食洗機に入れておいてくれるかな。俺は風呂を沸かしてくるから」

「わかりました」

その日も正義はみのるの課題を見てくれた。みのるはお風呂に入ってベッドに寝転がり、携帯端末で動画を見たあとは、一人のベッドで目を閉じ、うとうとした。夜遅くにリチャードがマンションに帰ってきた時に、目を覚ましていたのは偶然だった。いつものようにダイニングにパソコンを持ってきて仕事をしていた正義が、リチャードを出迎える声がする。

「おかえり。今日もおつかれ」

「先に休んでいて構わないと申し上げましたが」

「こっちはまだ仕事中なんだよ。それに、今日は一回も伝えてないのを思い出したから」

そして正義は小さな声で歌い始めた。みのるはそれが『おはようの歌』であることに気づいた。さあ起きよう朝ごはんのメニューはこうだよと伝える、正義の得意な毎朝の歌である。だがメロディが同じだけで、歌詞はまるで違う。

日本語どころか英語でもない、何となく巻き舌の混じる言葉で、正義はいつもの旋律をなぞっていた。

これもやっぱり日本語バージョンと同じように夕飯のメニューを歌っているんだろうかと思っているうち、明るい歌は終わった。

小さく拍手をするリチャードに、正義は少しだけ声のトーンを落とし、笑いながら告げた。

「ほんとに綺麗だなあ。見るたび頭の真ん中がぐねぐね捻じ曲がりそうになるくらい、綺麗だ。お前の顔見るだけでほっとする。ゆっくり休んでくれよ」

まっすぐな正義の言葉に、リチャードは長い溜め息を漏らしたあと、笑い混じりに告げた。

「そうさせていただきましょう」

そして正義は食事をあたため始め、リチャードは洗面所で手を洗い始めたようだった。

こういうことは真鈴にも良太にも言わないでおこうと、みのるはそっと胸に誓った。何故と言われると説明に困りそうだったが、ともかく誰にも言いたくなかった。

「赤組ーっ！　赤組がんばれーっ！」

「白組ィ！　根性根性！　根性で走れーッ！」

体育祭の日はあっという間にやってきた。面倒で仕方がない放課後の練習を乗り越え、新たな友情を育んだりしつつ、みのるたちは当日を迎えた。日曜日なので、お弁当を持って見に来たがる保護者も多かったが、開帆中学はグラウンドがとても狭いため、観戦は演目別の抽選制である。

中田正義は当然のように抽選に挑み、勝利していた。

「みのるくーん！　速い！　すっごい速い！　めちゃめちゃ速い！　すごいすごい！」

一際若く声の大きい保護者である正義は目立っていた。スマホの他にカメラを三台も持っていて、一台はレンズが大砲のように大きい。走っている最中、みのるは少し恥ずかしかったが、嬉しかった。他の誰でもない自分の名前を大声で呼んでくれる人がいるのは間違いなく初めての経験だった。

そして午前の部の最終種目、コスプレリレーの順番がやってきた。

スタートラインに立っているのはティラノサウルス、白雪姫、ホウキを持ったアニメのキャラ、そして。

ホイルに包まれた鮭。

輝くような美少女、志岐真鈴は鮭のホイル包みになっていた。頭の上からふくらはぎあたりまでを、アルミ箔に見立てた銀色のシートが覆い、中にはサーモンピンクの貫頭衣のようなものを着用し、顔も同じ色で塗っていた。お腹のあたりには付け合わせのきのこを象ったビニールの蛇腹のようなものがついている。全体的にシュールだったが、手作りのあたたかさも微かに漂っていた。

『位置について、よーい、ドン』

ピストルの音と共に、百鬼夜行のような面子は駆けだした。その中で断とつに、真鈴が速かった。動きにくいティラノサウルスは論外として、白雪姫よりホウキを持ったキャラより、持ち物もなく脚が自由に動かせるぶん速かった。

真鈴はあっという間にグラウンドを半周し、一着で二年生にバトンを渡した。マグロ漁師の扮装をした二年生が、発泡スチロールで造ったマグロをかつぎながらえっちらおっちら走り始める。ティラノサウルスはカーブのコースに弱く、四回も転びながらびりっけつでバトンを渡した。観客席は爆笑の渦だった。

「真鈴、ラッキーだなあ。あれ、クラスの連中全員で相談したコスプレなんだろ？　うちもティラノじゃなくてティラノのステーキとかにしておけばなー」

うるさい赤木、後から言うなと、良太は体育祭実行委員会の面々に言い返され、いつも通り笑いを取っていた。

みのるは嬉しかった。

真鈴はあれ以来、一度もコスプレリレーの相談はしてこなかったが、昼のランチタイムに遅刻してくることも、泣きそうになっていることもなかった。一度良太が「体育祭どうなってんの」と質問した時には「何それ？」としか言わず、強気な笑顔を浮かべてみせた。

風を切って走り抜けた真鈴は、ゴールポイントで同じクラスの女子たちに労われ、微かな笑顔を見せていた。

昼休憩の時間になると、保護者たちはそれぞれの家に戻るか、近隣の店舗で昼を済ませるために去っていった。その昔、中田正義が学生であった頃には、体育祭の昼休憩は保護者と児童生徒が一緒に過ごす時間であったという。みのるはその時の様子を想像して少しぞっとした。もし正義がいなかったら、みのるは数々の『親子で過ごす生徒たち』の中で、一人で量販店の激安パンを食べることになっていたに違いなかった。自分は体育祭を絶対にさぼっただろうなという確信を、みのるは苦いような、甘いような気持ちで抱いた。

正義はたくさんみのるに手を振りながらグラウンドを去った。途中で中年の夫婦に呼び止められ、何故かそのまま三人で歩いてゆく。誰だろう、と思っていると良太が声をあげた。

「あれ、うちの母ちゃんと父ちゃんだ。うわー、嫌な予感しかしねえー」

悲鳴のように叫ぶ良太は、とても恥ずかしいものを見たように両手で顔を覆っていた。百七十センチ近くある良太がそんな仕草をするのは珍しく、三々五々弁当を持って散ってゆく生徒たちが怪訝な顔をしている。

「良太、大丈夫だよ。正義さんはわりと、大人の相手は慣れてるし」

「そういうことじゃねえんだよっ！　うちの両親はさあ……なんか……お笑い芸人みたい

なところがあって、父ちゃんはウケを狙うし、母ちゃんはずっと喋るし……」

「どういうこと？　あ、真鈴が来た」

「みのる、良太、お待たせ！　ちょっと、場所取りしないと砂場で食べる羽目になるわよ」

「大丈夫だよ、まだ水飲み場の階段のところがすいてるから……」

三人はそれぞれの弁当を持ち寄り、水飲み場の裏手、校舎へと繋がる階段スペースに陣取った。良太の二段重の弁当は本人がリクエストした内容だそうで、下段がごま塩の振られた白米、上段が一面のから揚げとポテトサラダだった。真鈴の弁当箱は、いつものように小鳥の風呂場のようなサイズだったが、珍しくラップに巻かれた小さなおにぎり――真鈴が嫌う『炭水化物』――が入っているのが新鮮だった。こういう時こそいいこともなきゃね、と笑う真鈴は、既に解放された顔をしていた。

みのるの弁当は、いつものように正義の手作りの料理だった。以前食べておいしいと言った、スリランカのロールスという料理や、オーストリアのシュニッツェルという平べったいトンカツ、横浜名物のシウマイなど、万国旗の連なりのような国際色豊かなおかずが並んでいる。肉だけではなくごはんと野菜もバランスがよく、見栄えもいい。良太は許可をとらず、真鈴は一応声をかけてから、二人ともそれぞれ写真を撮っていた。

みのるはそれが嬉しかった。

ずっとこの時間が続いてほしかった。

昼休みのあと、午後の部も正義はみのるを応援してくれた。良太の両親もみのるを応援してくれたので、みのるくんみのるくんという声は三倍になった。みのるは初めて、応援されすぎると恥ずかしいという気持ちを味わった。良太はうんざり顔をしていた。

「ほんと、元気すぎる親ってつれーよ。うざいから。中田さんに変なこと言ってないといいけど」

「……………元気じゃないほうがつらいと思う」

「そうか？　あーごめん。お前んちは何か、事情があるんだよな」

みのるは何も答えなかったが、良太もそれ以上深追いしなかった。

体育祭は白組の優勝に終わった。みのると良太のクラスでも、真鈴のクラスでもなかった。感動したり悔しがったりで泣いている三年生を尻目に、一年生は特にこれといった涙もないまま解散になった。保護者が来ている人は一緒に帰っていいという。

「もー！　やっとご挨拶できましたー！　岡山の時にちゃんとお礼を申し上げたかったんですけど、あの時は実家のほうがバタバタしていて！　中田さんったら本当にかっこいいんですから！　ねえお父さん。素敵よね」

「僕ももう三十年若くて、砲丸投げだったら、きっと負けないんだけどなあ」

「勝てる条件が限定的すぎるだろ！　勘弁してくれよ。俺、恥ずかしいよ」

恥ずかしいと言いつつ、良太は両親を前にして嬉しそうだった。照れ笑いなのか困惑しているのか今ひとつわからない顔の正義の隣に、みのるも立っていた。真鈴は少し離れたところから一団を見守っている。母親は来ていないようだった。良太の母親はバシンと自分の息子の背中を叩いた。

「良太、あんた本当に運がいいわよ！　こんなによくしてくれる友達なんてね、人生の中で一度二度巡り合えるかどうかなんだから！　ご縁を大切にしなさい。どうかうちの小さな怪獣をよろしくお願いしますね、みのるくん、中田さん」

「誰が怪獣だよ！　あのさあ、体育祭なんだからちょっとは自分の息子を労えよな！」

会話は八割がた、赤木家の母子によって進んでいった。良太がおしゃべり上手なのはどうやらお母さん譲りらしい。お母さんだけじゃなくお父さんまで元気で一緒にいるなんて、良太はいいなとみのるは思ったが、言わなかった。そんなことを言ったら正義がどれほど悲しい気持ちになるか、考えるだけでつらかった。

くたくたの体を何とか動かし、みのるは良太の両親に応援のお礼を告げた。赤木夫婦は体育祭の後も応援時そのままのテンションで、目をきらきらさせながら正義に近づき、両手で握手をした。

「中田さん、本当にありがとうございました！　今日はお会いできて嬉しかったです！」

「いえいえ。これからもよろしくお願いします」

「こちらこそー！　そうだ、中田さんは独身なんですよね？　今度うちの可愛い子紹介します！　大学生で家庭的で、まだ彼氏もいないんです！　私たち親戚になるかもしれませんね？　あははは！　それじゃあ！」

「馬鹿！　母ちゃんの馬鹿！　失礼すぎ！　帰ろ、もう帰ろ！」

赤木一家が引き上げたあと、正義は微笑みを浮かべたまま、ぼそりと呟いた。

「……紹介してくれないほうが嬉しいなあ」

みのるが顔を上げると、正義は少し困ったような顔で微笑み、唇に人差し指を当てた。

「帰ろうか。志岐さんも途中まで一緒だから送っていく」

「わかりました」

駐車場で待っていた真鈴を、みのる同様後部座席に乗せ、正義は車を発進させた。まずは真鈴の家の近くまで行って、その後家に帰るコースである。

「あの！　中田さん、私の写真、見てくれましたか」

「え？」

「……ヒヤシンス姫の……写真です……」

真鈴は悲しそうな声をしていた。「え？」と言われたことがつらかったようだった。そういえば一度、みのるは真鈴から『正義は写真を見たか』と質問されたことがあり、頑張ってるねと言われたとありのままを伝えていたが、真鈴は不満そうな顔をしていた。

何か言ってほしいことがあるんだな、と思いつつ、みのるは地蔵になったように何も言わずに成り行きを見守った。

正義はしばらく黙ったあと、ああ！　と明るい声で応えた。

「神立屋敷で衣装をつけた時のことだよね。もちろん見たよ。みのるくんに見せてもらった。すごくキラキラしてたなあ。志岐さん、ああいう服が好きなの？」

「私、モデルなので、着たことのない服があったら何でも着てみたいです」

「すごいね。俺、中学生の頃には全然ファッションに興味とかなかったから……」

「嘘。中田さん、本当にセンスがいいから、昔から格好よかったと思います」

「ありがとね……でも俺の服の好みは、ほぼお師匠さんの受け売りだよ」

「お師匠さんがいるんですか？」

うんと正義は頷いた。そしてミラー越しに、嬉しそうな笑みを見せた。

「尊敬してるし、あんな風になりたいと思ってる。でも道は険しいから精進あるのみだ」

「そうなんですね。全力で応援してます」

「ありがとう。俺も志岐さんのこと応援してる。何か力になれそうなことがあったら、遠慮しないで言ってね。男だと相談しにくいこともあると思うから、そういう時には谷本さんに相談するのもいいかなって」

「中田さんにします。大切なことを相談したい時には、中田さんだけにします。私が信頼してるのは中田さんなので、中田さんにします」

食い気味の言葉に、正義は何も答えなかった。車の中に沈黙が満ちた。

何か言ったほうがいいことがあるとしても、今の自分には何も言えない、とみのるがぼんやり場の空気をやり過ごしているうち、正義がバトンを受け取った。

「わかった。じゃあ俺も覚悟しておく。どんと来いだよ」

「……………ありがとうございます」

それからは体育祭の成績や勉強の話題になり、みのるも会話に加わるようになった。真鈴の家の近くまでは車で十分ほどで、閑静な住宅街が広がっていた。

「ありがとうございました。またお会いできるのを楽しみにしてます」

「こちらこそありがとう。志岐さんも気をつけてね」

みのるは車の中から真鈴に手を振った。真鈴も全力で振り返してくれた。そうかこれは自分ではなく、バックミラーで真鈴を見ている中田正義に手を振っているんだと思った時、みのるは少し切なくなった。

真鈴にとって正義は、みのるにとっての正義同様、特別な存在であるようだった。

それがどういうことなのか、みのるにも多少はわかった。

あまりの年の差に多少呆れつつ、それでもみのるには真鈴を馬鹿にする気持ちは少しも起こらなかった。何しろ相手は中田正義である。みのるが知っている中で、一番かっこよくて優しくて何でもできる人間だった。それは好きになってしまっても仕方がないと、みのるも自然と思えた。

わからないのは、それで結局真鈴は中田正義にどうしてほしいのかということだった。付き合ってほしいのか——大人と子どもなのに、どうやって？　好きになってほしいのか——それで結局、その後は？

もちろんそんなことを真鈴に質問などできない。そんなことをしたらみのるはマジビンタを食らいそうな気がした。

と。

「みのるくん、ゆらさんの……お母さんの話だけど」

「えっ」

もしかしたら、と中田正義は最初に三回、前置きしてから告げた。

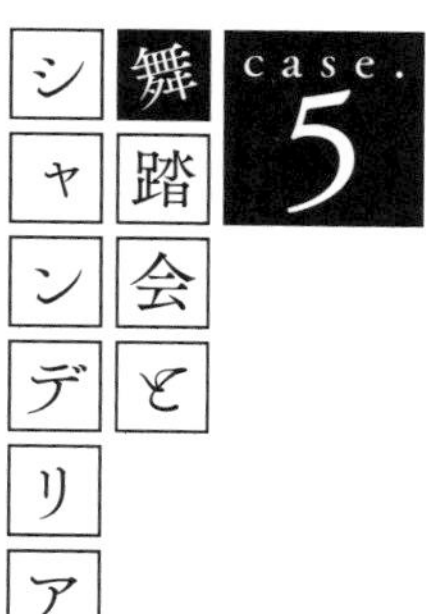

case. 5
舞踏会とシャンデリア

「ごめん。ゆらさんの退院は、少し延期になった」

体育祭から、ちょうど一週間後の日曜日。

みのるは暗闇に放り出されたような気がした。

「…………少しって、どれくらい……？」

「お医者さんの話だけど、まだわからないらしい」

「何で、何でですか。だってちゃんと退院って、前から決まってたのに」

「体の調子が少し変わったらしいんだ。だから病院の人の話だと、今はやめたほうがいいだろうって…………ごめん。俺も大分、食い下がったんだけど、『無理をさせたら今までの治療が無駄になるかもしれないから』って」

「…………」

みのるは言いたかった言葉を全て呑み込んだ。今までの治療。春から夏の終わりまでの時間。それが無駄になると言われたら、もうどうしようもないに決まっていた。

でも、そんなに長い間、治療をしていたのに。

少し外出しただけで、それが無駄になってしまうのだとしたら。

それは社会の授業で出てきた、科学の力で火星を地球のように改造するテラフォーミングとかいう事業と同じくらい途方もない挑戦なのかもしれなかった。科学的には『いつかはできる』かもしれなかったが、常識的に考えれば数年や数十年で実現する見込みはない。永遠に訪れない『いつか』を、自分はこれからずっと、ずっと、もしかしたら一生待つのかもしれないと思うと、みのるはもう何も見たくなくなった。

「すみません……」

みのるは正義に小さな声で謝って、部屋にこもった。正義に怒りたくなかった。正義が悪くないことはわかっているのに、他に八つ当たりできそうな人がいないからという理由で怒ってしまいそうな自分が嫌だった。誰かに怒りをぶつけたくて仕方がなかった。

みのるは無言で、枕を何度もベッドに投げつけては摑み、投げつけては摑みを繰り返し、全く気が晴れなかったので床の上に蹲った。寝転んだ。

「…………………」

何をしても、お母さんは帰ってこない。

正義が部屋の中に入ってこないのが、みのるは嬉しくて、悲しかった。ちょっとだけ入ってきてほしかった。そしてみのるがふて寝しているのを叱ってほしかった。

だが正義はとても優しく、礼儀正しかった。

せめてあと三歳、できれば十歳、自分が大人だったらいいのにと、魔法のようなことを願いながら、みのるは少しだけ泣いた。大きくなれば数々の理不尽に耐えられるようになると誰かが言っていた気がしたが、今のみのるにはまだ無理だった。何もかも。誰かに現実を変えてほしかった。どこにもいない『誰か』に、みのるはありったけの怒りをぶつけたかった。

「よっ！　みのる！　あれ？　みのる？　お前どうしたの。顔が真っ白だぞ。小麦粉とか塗った？　なーんてな！　冗談だよ、冗談。でもほんとに調子悪そうだな？」

みのるはしばらく言葉を呑み込もうと苦心していたが、ふと、良太（りょうた）にまで隠す必要などどこにもないことに思い至った。良太は良太だった。意味はよくわからないもののスーパー親友というものでもある。スーパー親友というのは普通の友人とは違う存在であるに違いないので、どんな話もとりあえず打ち明けていい気がした。

みのるは放課後、自分と良太の二人しかいない帰り道で、小さな声で喋（しゃべ）った。

実はお母さんが入院していること。いつ退院できるのかわからないこと。

体育祭の後に、短期間帰れるかもしれないと言われ、楽しみにしていたこと。

でもその話が、なかったことになってしまい、とてもつらいこと。

みのるがぽつりぽつりと語る間ずっと、良太はリアクション動画に出てくるユーチューバーのように、たくさん反応しながら聞いてくれた。そして最後まで話を聞くと、まるでみのる本人になったかのように落ち込み、次に怒った。

「何だよそれ！　何だよ！　面会とかもできないわけ？　会っちゃダメなの？」

「うん…………」

「おかしーだろ、そんなの！　会いに行こうぜ。中田さんならどこの病院にいるのか知ってるよ。うまいこと聞きだしてさ、秘密で会いに行ったら何とかなるって。看護師に変装とかする？」

「……そんなのうまくいかないよ」

「やってみなきゃわかんないじゃん」

「会えないの！　正義さんが駄目って言ったんだから」

みのるは生まれて初めて大声で怒鳴った気がした。はっとして口を塞ぐと、良太も唖然としていたが、しばらくしてから何事もなかったように呟いた。

「そっか……中田さんが駄目って言ってたなら、わりと駄目っぽいかもな」

「良太、怒鳴ってごめん」

「別にそんなのどうでもいいし。それよりお前が母親に会えないことのほうが問題だろ。何とかしようぜ。まずは病院の場所探しからだ」

みのるは黙って考えた。良太がまるでもう一人の自分のように望みを口にしてくれるおかげで、みのるの頭は逆に冷静になった。

本当に自分はお母さんに会いたいのか？

どんな手を使っても？　その結果どうなったとしても？

みのるは首を横に振った。

「……もし、本当に、真剣に頼んだら、正義さんは病院の場所を教えてくれると思う」

「ほんとか！　じゃあ」

「でも、それが本当にお母さんのためになるなら、正義さんはもう教えてくれてる気がする」

正義はいい人だった。それは確かなことだった。少なくともみのるに無意味な意地悪をするようなタイプではなかったし、逆にみのるにそんなことをする人がいたら正義は激怒しそうだった。正義が自分を守ってくれていることがわからないでいられるほど、みのるは鈍感ではなかった。

だから。

「…………たぶん、本当に、僕とは会わないほうが、お母さんにはいいんだと思う」

「そんなわけあるかよ。自分の子どもと会わないほうが元気になる母親とか、マジで存在すんの？　俺の母ちゃんに言ったら『ありえない！』って言いそうだけど」

「……でも、世の中にはいろんな人がいるよ」

それに自分のお母さんは良太のお母さんほど元気だったことなんて一度もないかもしれないからと、みのるは言わなかった。言ってもどうしようもないことくらい、みのるにもわかった。

「もし、本当にお母さんに無理をさせるだけなら、今は……無理に会いたいと思わない。それよりお母さんの病気が悪くなるほうが、嫌だ」

みのるが言いきると、良太はしばらくふんふんと頷いたあと、少し笑った。

「お前、大人だな。や、中学生が大人なのは当たり前だけど」

「中学生は子どもじゃないの？」

「小学生に比べれば大人だろ。少なくともお前の言ってることは大人っぽい」

ともかく良太はみのるに感心しているようだった。そして何故か、よしと言って拳を打ち合わせた。

「任せとけ。この赤木良太が、お前にぴったりの作戦を考えてやる」

「え？　いや、だから、本当に病院に乗り込みたいわけじゃなくて……」

「わかってるよ！　だから、とにかくいい作戦を考えてやるよ。今度の日曜でいいか？

楽しみにしてろ」

「え？　うー、うーん……？」

「なんだよ！　お前乗り気じゃねーの？　日和ってんの？」

やる気満々の顔の良太に、みのるは若干の不安を覚えつつ、わかったと頷いた。どうなるにせよスーパー親友のすることである。みのるは全てを受け入れる覚悟を決めた。


「快晴だ！　俺たちの日頃の行いがいいからだな！」

山下公園の西側。巨大な帆船『日本丸』の見えるスペースで、みのるは良太と待ち合わせをした。正義とリチャードはどちらも仕事の日だったので、みのるは特に何の説明もする必要がなかった。

いつもと同じ、ややサイズの大きなTシャツにジーンズ姿の良太は、チノパンとワイシャツ姿のみのるを見つけると駆け寄ってきて、まず天気を褒めた。それ以上の言葉はなく、これから何をするなどの説明もなかった。

「よし、じゃあ行くか」

「えっと、どこへ……？」

「お前は何も考えなくていい。俺についてこい」

「何のために、何をするの……？」

「だから考えなくていいんだって！」

　考えなくていいというより、良太はみのるに考えてほしくないようだった。怖いことにならないのだったらとりあえず言うことを聞いてみようと、みのるは良太の行く方向にただついてゆくことにした。

　行先は元町（もとまち）だった。おしゃれなお店があちこちにある、横浜随一（よこはまずいいち）の目抜き通りの一つである。良太は時々スマホを取り出し、地図とおぼしきものを確認しながらどこかへ向かっていた。

　たどり着いたのは、大きなガラス窓のある高そうなレストランだった。黒と白の服を着たフロアスタッフがぴんと背筋を伸ばして、白いクロスのテーブルの間を行き来している。正義やリチャードが好きそうなところだな、と思いつつみのるは良太の顔をうかがった。

　良太は何故か青くなって固まり、財布の中身を確認していた。千円札が何枚か入っているだけで、みのるの財布と似たり寄ったりのボリュームである。みのるはそっと声をかけた。

「本当にここに入るの……？　やめようよ」

「そ、そうだな。ここはちょっと……俺らにはレベルが高い……」

それからも良太は、地図を参照しつつ元町のいろいろな店に入ろうとし、そのたびに店の『レベルが高い』ため引き返すという行為を繰り返した。かっこいいスポーツブランドの店も、ミニサイズのカラフルなハンバーガーのようなお菓子がきらびやかに陳列された店も、薄暗い上にメニューが読めずちょっとどんな味がするのか想像がつかなくて怖いエスニック料理の店も、明らかに良太の趣味ではなかったし、正直なところもうちょっと年齢が上の人でなければ楽しめないのでは、という雰囲気の場所だった。

「ねえ良太、何でこういうお店に入ろうと思ったの？」

「え？　そ、それは、その、企業秘密だよ」

よくわからない説明だったが、良太は言いたくないようだった。良太はどうやら年上の人に何かの相談をしたようだった。おそらくは横浜の街で遊ぶ相談を。

みのるのために。

予定していたプランがまるでうまくいかず落ち込んでいる様子の良太に、みのるは明るく声をかけた。

「ねえ良太、中華街に行かない？　ここから近いし、夏休みにいろいろ案内してもらったから、ちょっと詳しくなったんだ。連れて行きたいところとかあるし」

「お前、中華料理とか好きなんだっけ？」

「嫌いじゃないよ！　世界一好きってわけでもないけど、面白いんじゃないかなって……」

「おっけ。じゃあ買い食いするか」

「うん！」

みのるは良太を連れて中華街の門をくぐった。林くんの店の前をちらっと通ったが、林くんのお父さんとおぼしき人の姿しか見えなかったので、適当にお辞儀をして通り過ぎた。林くんも正義もいないのに、林くんのお父さんと話すのは気まずすぎた。

お腹(なか)がぺこぺこだったので、みのるはまず中華街の名物の豚(ぶた)まんを食べ、シウマイやネギ焼きや小籠包(ショーロンポー)などがめちゃくちゃに突き刺さった串焼きを食べ、ヒロシが好きだと言っていたエッグタルトも食べた。

「へえー！　じゃあ夏休みには林と、そのヒロシってやつと中華街観光したんだ。いいなあ。中華街って地元すぎてさ、逆に『混んでるからいいや』ってなりがちだよな」

「そういうものなのかな……？」

今までのみのるにとっては、中華街も元町(もとまち)通りも、なんとなれば山手本(やまてほん)通りの異人館も、全て同じくくりの仲間だった。

自分には関係のないところ。

お母さんと、お母さんと暮らす家と、通わなければならない学校。あとは通学路。それ以外の場所は、みのるには何の関係もない世界だった。それが自分の世界の全部だと思っていた。いつからそう思っていたのかみのるは思い出せなかった。ただ、ひとりで歩けるようになる前からずっと、みのるに関係のある世界はとても狭く、広がる余地のないものだった。そういう風に誰かが決めたのだと、心のどこかで思っていた。

中田正義やリチャードや、良太や真鈴と出会うまでは、ずっと。

「……良太と来られて嬉しいよ」

「俺も嬉しいぞ、スーパー親友！　お前が教えてくれた店、全部うまいし。やっぱ安くてうまいのが正義だよな」

「そういえば正義さんの名前の漢字、その『正義』だよ」

「珍しー。マサヨシって読ませる人のほうが多そうなのに」

「だよね」

人通りの少ない関帝廟の裏手で、二人はあまり意味のないおしゃべりをたくさんした。良太は夏前の成績があまりよくなかったので、夏休み中はゲームの時間を制限されてしまい、新学期の今のほうが、夏の新作ゲームを気合をいれてプレイできていること。赤木夫婦こと良太の両親は仲がいい時には恥ずかしくなるくらいラブラブなのに、悪い時には派手に喧嘩するので迷惑だということ。姉はともかく兄はカリカリしがちな『自由人』なので、将来の家を背負って立つ人間としてのプレッシャーがすごいということ。

「男ってあれじゃん。もう将来は、就職してー、いっぱい稼いでー、お嫁さんをもらってー、孫の顔を見せてー、みたいなコースが決まっててんじゃん？　俺時々すげー不気味になる。別にそれ俺じゃなくてもよくね？　って。でも多分、そういう人生にしたほうがいいんだろうなーって思うこともあって、それもこえー」

「……良太も、未来とか将来とか、考えることがあるんだね」

「お前は俺を何だと思ってんだよ。うちの母ちゃんはそういうところオープンで、友達みたいにいろいろ話してくるから、嫌でも考えちまうんだよな。でも考えすぎると怖くなるから、先のことはなるべく考えないようにしてる」

　俺は見かけより繊細な男なの、と付け加えて、良太はマンゴーのジュースをごくごくと飲んだ。みのるは少しだけ笑った。

「僕は……そういうの全然、考えたことなかった」

「そういうのって？」

「就職とか、いっぱい稼ぐとか」

「はあ？　じゃあお前高校生になってもバイトとかしない系？　俺は早くバイトできるよ

うになりたいな。で、中古のゲームソフトくらいは親の顔色見ないで買えるようになるんだ」

「ほしいものがあるっていうのも、すごいと思う……」

「前から思ってたけど、お前って欲がないよな」

たぶんそれは違う、とみのるは思った。欲がないというのは、ほしいものを我慢できる人のことを言うのだと思った。だがみのるにはそもそも自分のほしいものがわからない。中華街もショッピングモールも無関係な世界だったのに、それが自分も参加可能な世界であるとわかってしまった今、やれることがありすぎて、一体何をしたらいいのかまるでわからないというのが本当のところだった。

そして何より、できることなら。

お母さんのいる家で暮らしたかった。

既に何も刺さっていない串を指先で回しながら、みのるがぼんやりと考えをまとめようとしていると。

「やあ、こんにちは」

不意に、不思議なイントネーションの声がした。

中国の人ともそれ以外の国の人ともわからない、オレンジ色っぽい褐色の肌をした男は、全反射のサングラスをかけ、龍(りゅう)の模様の開襟(かいきん)シャツを着ていた。人通りのある路地とみのると良太の腰掛けている階段とを繋(つな)ぐ中間地点の壁に、軽く腕をついている。

「何話してんの。俺もまぜてくれない？　肉まんをおごるから。将来のこととか話そうよ」

そして男は、良太の隣にどさっと腰掛けた。

みのるの背筋を寒気が駆け抜けた。小学校の頃から叩きこまれた大切な言葉、『いかのおすし』が脳裏をよぎる。知らない人に声をかけられた時の合言葉である。

行かない。車に乗らない。大声をあげる。すぐに逃げる。大人に知らせる。

「みのる、行こう！」

「わかった」

あーちょっとー、と男がやる気なく引き留める声が聞こえたが、みのると良太は振り返らずに走った。中華街の人通りに紛れて歩き続け、関帝廟が見えなくなるところまで出てから、今度はぐるりと通りを迂回(うかい)して反対方向に歩いた。

「ついてきてるか？」

「わからない、人が多すぎて見えないよ……」

「くそっ、マジでついてきてたらヤバい。もうちょっと距離をかせぐぞ」

「わかった」

中華街の外に出て、二人は自然と中学校の方向に歩いていた。学校のまわりには『いざという時の駆け込み場所』シールを貼った店もあるし、先生や警備員が歩いているかもしれなかった。そうなれば助けを求めることもできる。

開帆中学校の裏門までやってきた時、二人はようやく足を止め、振り向いた。

五十メートルほど先の曲がり角まで、人影どころか車の姿も、どこにもなかった。

二人は揃って、長い溜め息をついた。みのるはこわばっていた体から、へなへなと力が抜けてゆくのを感じた。

「……は、はは。大したことなかったな。慌てて損したぜ。『はあ？　ふざけんなよ、おっさん』って言ってやればよかった」

「やめようよ。そんなことするのは危ないよ。逃げたから何もなかっただけかもしれないし」

「お前こそやめろよそういうこと言うのー！　本当に怖くなるじゃんかよー！」

「で、でも、本当にそうだし」

「…………今日、そろそろ終わりにすっか。家まで送ってくぞ」

「え？　いいよ。普通に一人で帰れるし」

「や、何か送りたいから。送ってく」

「……スーパー親友だから？」

「わかってんじゃん」

良太はふざけた調子で笑った。

みのるは心臓がじんとした。変なプランを立てたのも、何も考えなくていいと言い張ったのも、良太なりにみのるを励まそうとしてくれた結果なのだと。痛いほどに心遣いが伝わってきて、みのるは申し訳ないのと同じくらい、心が温かくなった。

通学路をたどり、歩道橋を上って坂を上って、山手本通りまでやってきても、良太はまだ送ると言い張った。

「もうこのあたりでいいよ。良太が二倍歩くことになるし」

「そうか？　……でもここって、信じられないくらい静かな所だよな」

みのるは通りを見回した。チョキ、チョキ、という音は、どこかの家が剪定(せんてい)を依頼した園丁(えんてい)の立てる鋏(はさみ)の音のようだった。それ以外に人の姿はない。

日曜日の昼下がりの住宅街は、空っぽになってしまったお菓子の箱のような、不思議な静けさに満ちていた。ひょっとしたら中に人がいるのかもしれなかったが、プライバシー保護と防犯設備の行き届いた高級住宅街は、通りすがりの人間などに情報を漏(も)らすことはない。

みのるとお母さんが暮らしていた家も、すぐ近くだった。

「……ちょっと寄り道してから、正義さんのところに帰る」

「俺もついてっていい系？」

「いい系だよ」

この期（ご）に及んで嫌だと言うつもりはみのるにもなかった。あまりにも小さく存在感のない家なので、良太はびっくりするかもしれなかったが、それで良太との縁が切れることはない気がした。

とぼとぼと歩いて、神立（かんだち）屋敷ではなくその傍（かたわ）らのボロ家へとたどり着くと、案の定良太は少しびっくりしたようだったが、何でもない顔を取り繕（つくろ）って、間の抜けた声をあげた。

「へーっ！　いい家じゃん！　ここって何？」

「………前に住んでたところ」

『前に』と口にした時、みのるは自分の言葉にショックを受けた。ここでお母さんと暮らしていた日々が、社会の授業で勉強した地層のような、触れられないほど遠い昔のことになってしまったような気がした。

久しぶりに使う鍵で扉を開けると、正義と一緒に片付けた家の中はがらんとしていて、これといって見るところもなかった。家具には白い布がかけられていたが、みのるにはどこに何があるのかわかった。

少し泣きそうになっている間、良太は何も言わないでいてくれた。あまり良太らしくない、繊細すぎるほどの気遣いだった。落ち着いた頃合いに振り返って表情をうかがうと、何を言ったらいいのかわからず口をもごもごさせていただけとわかり、みのるは笑った。

「ごめん。ちょっと、なんか、気持ちがもぞもぞしてた」

「あー、そう？　そういうことあるよな。俺もあるし」

「うん」

お前が泣きそうだったことなんて全然わかっていなかったし見てもいなかった、と下手くそに主張する声に、みのるは今度こそ声をあげて笑った。良太は怪訝な顔をし、何がおかしいのか教えろと食い下がってきたが、みのるは教えなかった。

そのまま家の扉を閉め、今度こそマンションに帰ろうと。

そう思った時。

「もし」

二人は揃ってびくりとした。

人通りのない山手本通りの、それでなくても人のいない空き家の隣に、いつの間にか車が一台停まっていた。みのると良太のすぐ後ろに。鼻づらの丸い、ぴかぴか光る緑色の車。

跳びかかろうとする獣のエンブレム。みのるは眉根を寄せた。明らかに、どこかで見たことがある気がした。だが思い出せない。

開いた窓の内側に、運転手の姿があった。

「突然お声がけをする無礼をお許しください。少々お尋ねしたいことがございまして」

運転席に座っていたのは、濃紺のスーツにチョコレート色の肌と黒い口ひげの持ち主だった。

「シャウルと申します。このあたりに……」

二人は弾かれたように駆け出し、家の裏手に回った。示し合わせる必要もなかった。

「やべー！　厄日すぎ！　さっきのやつの仲間かな！」

「わからないけど逃げたほうがいいよ。普通の人は子どもじゃなくて大人に道を質問するって、先生が言ってた」

「外人はやべー！　あっ『外人』は駄目なんだっけ？　ともかく外国人はやべー！」

振り返ると緑の車はまだ停まったままで、開いた窓から運転手が二人を見ていた。諦めて去ってゆく様子はない。山手本通りは一本道である。車で追いかけられたら逃げられそうになかった。

どうしたら、と考えるまでもなく、みのるは思いつき、懐かしい家の裏門を示した。

「良太、こっち。あそこの門は乗り越えられる」

「え、え？　越えられんの？」

みのるは放置されている百円ショップのバケツを引き寄せ、神立屋敷と自分の家との境目に引き寄せた。足場代わりにして門を乗り越え、屋敷の敷地へと転がり込む。よろよろしつつ良太も後に続いた。バケツが転がってゆく音に良太は安心した。運転席の外国人が車を降りてきたとしても、追いかけるのには時間がかかる。

みのるはリュックサックの小ポケットのジッパーを開け、滅多に使わない鍵を取り出し、そこだけ不自然に新しくなっている鍵穴に捻じ込んだ。扉は難なく開き、みのるは良太を招き入れて二秒で鍵を閉めた。

長い溜め息をついたあと、みのるは青い顔をしている良太に微笑みかけた。

「これで大丈夫だよ。確かこの屋敷には警備会社のセンサーもあるって、リチャードさんが話してたのを聞いた覚えがあるし」

「すげえ、最強じゃん！　ははっ、変なおっさん、ざまーみろ」

だが。

さく、さく、さく、と。

誰かが足音を立てて、神立屋敷の庭を歩いていた。音は近づいてくる。

良太は自分の口を手で覆(おお)い、そのまま器用に喋った。

「……やばい、やばいやばい。ガチで追ってきた」

「でも、ここは鍵がかかってるから」

「お前ピッキングとか知らねえのかよ！　鍵なんか開けられるんだよ、プロは！」

良太はみのるの手を取り、二階へ続く階段を上ろうとしたが、みのるが引き留めた。

「そっちは行き止まり。一階の廊下をまっすぐ進むと、この前の広間に出る」

みのるは良太を先導して歩き始めた。

リチャードがいてくれますように、いてくれますようにと、祈りながら回廊を抜けたが、広間にリチャードはいなかった。

「……リチャードさん！　いますかー……！」

みのるは弱々しく二階に呼びかけたが、応答はなかった。もう少し大きな声で呼べば出てきてくれるかもしれなかったが、追跡者に声が聞こえてしまったら、以前良太とプレイしたホラーゲームのように捕食されるとまでは言わないものの、相当まずいことになる。リチャードが『衣紋掛け(えもん)』と呼んでいた衣装かけは、前とそっくり同じ場所に置かれたままだった。

どうしよう、と迷っている間に、今度は良太がみのるの袖(そで)を摑んだ。

「みのる、来い。二階だ」

「でも二階は入ったことがないから……」

「今そんなこと言ってる場合か！」

　全くその通りだった。もし二階に入った結果侵入者を警備員に知らせるセンサーが作動したとしても、後ろから謎の外国人に追いかけられている今、これ以上警備員が来るのに適当なシチュエーションもない気がした。

　みのるはためらいながらも、今まで正義やリチャードが下りてくるのを見たことしかなかった階段を駆けあがった。一段が駅や学校の階段より高く、浅くて、素早く上がるのに苦労した。

　踊り場を抜け、上階までたどり着いたところで、二人は立ち尽くした。

「ひろっ……これ、ゾンビゲーのホテルじゃん……」

「ゾンビゲーのホテルってこんな感じなの？」

「そうそう。部屋ごとにアイテムがあって敵がいて、って今そんなこと言ってる場合か！」

　二階に上がるとすぐ、長い廊下が伸びていた。踏むと大きな音がしそうな木の床で、その左右に扉がたくさんついている。右に四つ、左に三つ。どれも用途の違う部屋のように見えたが、ここが『屋敷』であることをみのるは改めて思い知った。屋敷は屋敷で、大きな家である。部屋がたくさんあるに決まっていた。

「どこでもいいからどこかの部屋に隠れるぞ！　こんな家なんだから隠れられる家具の一つや二つあるだろ」

「わ、わかった」

みのるは良太に引きずられ、ギシッギシッギシッと廊下を軋ませて走り、右側の一番奥の部屋の扉に手をかけた。ノブが回らなかった。良太はくそっと毒づき、一つ手前の扉のノブも回した。また開かない。もう一つ手前。開かない。

「こっち！」

みのるは何の根拠もなく、左側の一番奥の扉に飛びついた。ノブは一度で回った。

「かびくさ！　体に悪そうな空気だ……」

「そんなこと言ってる場合じゃないよ！」

部屋の中はがらんとしていた。いろいろなものが置かれていたのを動かしたようで、カーペットも敷かれていない床のあちこちに、家具の足跡のようなへこみがある。残っているのは童謡に出てくるようなのっぽの古時計と、飾り気のない木の衣装棚、アルミの脚立が一つだった。みのるは衣装棚に駆け寄り、扉が開くことを確認した。

「これに入れそう」

「いよいよゾンビゲーだ」

だが棚は、見かけより狭かった。中に良太が入るともうそれでいっぱいで、みのるが入る余地はない。

「良太はそこにいて。僕は別の隠れ場所を……」

「嫌だ嫌だ！　フラグじゃん！　それ絶対俺かお前のどっちかが見つかって、もう片方が助けに行くフラグじゃん！　俺そういう映画詳しいんだよ！」

「そ、そうなの……？」

「そうだよ！　……いや待て。何でこの部屋に脚立があったんだ。これもフラグだよな」

みのるには『フラグ』のことはよくわからなかったが、良太は衣装棚からするりと出てくると、部屋の天井を見上げた。照明設備も取り外されているため、白くまっ平（たいら）な天井である。が。

一カ所、四角い入り口のような切れ目が走っていた。良太は指を鳴らした。

「ビンゴ！　あそこ、押したら開くぞ。屋根裏に入れる。きっと広いから二人くらい余裕だろ」

冒険のような雰囲気にはしゃいでいた二人は、はたと気づいた。

床の軋むギイ、ギイ、という音――足音が、一歩一歩、ゆっくりと近づいてくる。

二人は顔を見合わせた。迷っている暇はなかった。

まずみのるが脚立を支え、良太が上った。二メートルほどある背の高い脚立だったので、背伸びをしなくても良太は天井に手が届いた。ぐっと押すと四角い板がぽこんと浮く。横にずらすと空洞が広がっていた。

「よし！　俺から行く！」

「気をつけて良太……！　古い家だし、何があっても不思議じゃないから」

みのるの声を待たず、良太はもぐらのように空洞に頭を突っ込み、そのままにゅるんと天井裏に入っていった。みのるが立ち尽くしていると、顔を出して笑った。

「想像通りすげー広い！　空気は最悪だけど耐えられるレベル。来い！」

腕を伸ばす良太に導かれ、みのるはおっかなびっくり脚立を上って、天井裏の暗い空間に上がった。映画のように脚立を蹴飛ばそうかと思ったが、逆に大きな音を立てて敵をおびきよせそうなのでやめた。それでも最低限、四角い板は元あったように戻す。

屋根裏は完全な暗闇になった。

なるべくかびくさい空気を吸い込まないよう、ふう、ふうと小さく息をする音だけが、みのるの世界の全てになった。

足音が近づいてくる。

ギシ、ギシ、という足音に耳を澄まし、相手が近づかず、廊下を通過していったことを確認したあと、あ、とみのるは声を漏らした。

「……スマホで正義さんに連絡すればよかった」

「あっ……」

『いかのおすし』は思い出しても、誰かに連絡をとるという感覚にならなかったことに、みのるは呆れた。慌てているといつもできることができなくなるというのは感覚として知っていたが、実際に体験するとぞっとするレベルにものが考えられなかった。

みのるはスマホを取り出し、電話履歴をタップした。

「電話をかけるね」

「待て。あいつに俺たちの声が聞こえるとまずい。もうちょっと待ってからにしよう」

みのるは頷き、スマホの画面の表示を落とそうとし。

ふと。

今まで見えなかったものの存在に気づき——絶叫した。

「うわあああああっ！」

「えっ何だよ、みのる、どうした」

「後ろ！　良太の後ろ！　誰かいる！」

みのるのスマホの明かりに促され、後ろを向いた良太は、みのると似たり寄ったりの音量で絶叫した。

顔が。

人の顔があった。体もついていた。だが瞳がない。

うつろな白塗りの顔が、幾つも幾つも幾つも幾つも並んでいた。背中には炎のような色の、絡み合い反り返る巨大な棘が、悪魔の塔のように何本も生えている。

何もかもが異様だった。

「おばけ！　おばけおばけおばけの部屋だった！」

「出るぞ、みのる、ここから出る！」

良太は這いつくばって天井の板を開けた。選択肢はない。今すぐ逃げなければとんでもないことになりそうだった。

ほうほうのていで脚立にすがりつき、床に着地した良太は、みのるを見上げたが、みのるは部屋の入り口に目をやっていた。

部屋の入り口にスーツの男が立っていた。

口ひげ。チョコレート色の肌。少し驚いた様子の顔。

「おやおや、危険な遊びをするものですね」

「ギャーッ！」

今度こそ正義に連絡を、いや警察に連絡をと、みのるが天井裏から顔だけ出してスマホを繰っていると、部屋の中にもう一人誰かが駆け込んできた。やっぱりスーツを着ていて、背が高かった。

中田正義である。

「みのるくん！　良太くんも！　大丈夫？　怪我はない？」

「せっ、正義さん……？」

「中田さん！　こいつ！　俺たちのこと追いかけてきたんです！　不審者です！」

素早く立ち上がった良太は、正義の背後にまわって謎の男を指さした。謎の男は逃げようともせず、ぱちぱちと瞬き(またたき)をするだけだった。中田正義ものんびりしていた。

そして言った。

「ああ、この人？　この人は俺とリチャードのボスのシャウルさんだよ！　悪い人じゃない。本当に全然悪い人じゃない。ですよね……？」

正義が少し困った顔をすると、チョコレート色の肌の紳士は肩をすくめた。

「そのつもりですが、今回は不用意でした。危ないと思って声をかけたのですが、私自身が不審者の振る舞いをしてしまいました。大変怖い思いをさせてしまいましたね」

「…………味方キャラ？」

とぼけた良太の声に、ええと紳士は頷いた。

「いわゆる『味方キャラ』です。それより、本当に怪我はありませんか。ここはテーマパークではなく長らく放置されていた家屋です。私の部下たちもメンテナンスに努めているようですが、まだ危険なものが転がっていてもおかしくありません」

「シャウルさんはお医者さんの資格も持ってるんだよ。すごく頭のいい人で、ええと、たまに口が悪いけど、とにかく安心な人だから」

正義はそれだけ言うと、脚立を上って上の段に腰掛け、みのるに向かって腕を伸ばした。みのるがおずおずと手を伸ばすと、ぬいぐるみを抱くようにわきの下に手を入れて、ぐっと持ち上げ、そのまま床に下ろした。正義は力持ちだった。

「本当に、怪我がなくてよかった」

「……ご、ご迷惑をおかけしました……でも、いつから？」

問いかけたみのるに答えたのは、正義ではなくシャウルだった。

「いつからも何も、あなた方二人が走って中華街から逃げてくるのを偶然目撃してしまいましてね。直接お会いしたことこそありませんでしたが、部下が見せてくれた岡山旅行の写真は覚えていました。私の部下の大切な友人たちの危機かと思い、追いかけてしまったのですよ」

「あ……じゃあ本当に、最初から味方キャラで」

良太は途中まで言ってしまってから、自分の手で口を塞ぎ、すひはへんと言って頭を下げた。すみませんと言いたかったようだった。シャウルは優雅に一礼した。

「こちらこそ、最初からそう説明すればよかったのです。どうにか怪しまれずお二方に接触したかったのですが、逆効果でしたね。私としたことが情けない」

「それでシャウルさんが俺に連絡をくれて、ちょっと急いで、ここに来たんだ。スーパーで買い物していたところだったから、すぐに来られてよかったよ」

正義はネクタイがよれていた。いつも着けている腕時計も、文字盤が手首の側に回っている。『ちょっと急いで』の一言に、みのるはとんでもない迷惑をかけたことを察した。

正義がゆっくりと脚立を下りると、待ち構えていたように良太が叫んだ。

「この天井裏！　信じられないことになってます！　特撮の悪役みたいなやつらがいっぱい入ってます！　目がない人形がいっぱい！　ホラーですよ」

「『目がない人形』？」

「顔面白塗りなんです。すげーこえー。みのるも見ただろ？」

「あと、赤いトゲトゲ……？　みたいなものも見ました。何なんでしょう」

正義、とシャウルが正義を促した。はいと正義も頷いた。

「ここの屋根裏はチェックしようと思っていたんですが、間に合わなくて放置していたんです。今確認します」

正義は脚立の足を揺さぶり、安全を確認したあと、するすると屋根裏に潜り込み、パンツのポケットからペンを取り出した。先端がライトになっているらしく、暗闇の中から光が漏れる。わあ、と正義は呻いた。息を呑むような声だった。

何か素晴らしいものを見た、とでも言うように。

どうしたのかな、と視線を寄越す良太を、みのるも不安に見返した。あれが怖くないなんてさすがだと思ったが、恥ずかしいので口には出さなかった。正義は興奮気味に喋った。

「シャウルさん、すごいです。多分十九世紀の品物で、様式はレッツォーニコ、しかも大部分が赤ですよ。こんなもの、もう買おうと思っても買えないんじゃ」

「ブラーボ。保存状態は？」

「悪くはなさそうです。でも覆いがないので、埃がひどい……」

「速やかに救出、精確なコンディションを確認して目録に加えましょう。お任せしても？」

「オフコース！　げっほ、すみません、ごほ」

天井裏に上半身を突っ込んだ正義は、どうやら埃でむせたようだった。シャウル氏は満足そうに笑っている。

見せかけの『危機』は、どうやら去ったようだった。

脚立を下り、ほっとしたみのるの前に戻ってきた正義は、ぽんぽんと優しくみのるの体をはたいた。埃が舞い上がり、みのるは自分がごみだらけであることに気づいた。指さし笑う良太の体も、大部分が灰色である。とんでもない量だった。

「これ、外に出てはたいたほうがいいかな……」

「だな。このまま家に帰ったら母ちゃんにぶっとばされそうだ」

広間まで下りてゆき、みのると良太は屋敷の外に出て、目を見張った。ワンワンという声が近づいてくる。

「犬がいる！　野犬かっ」

「ち、違うと思う、このお屋敷には柵があるから……」

しゅっとしたシルエットの、耳が三角形の犬がいた。二匹。体はどちらも砂色である。二人の姿を認めると、二匹の犬はだっと駆け寄ってきた。

「ジロー！　サブロー！　元気だったかあ」

と、二人の背後から中田正義が猛然と駆けてゆき、二匹の犬を両腕に抱いた。犬は信じられないほどのテンションで千切れんばかりに尻尾をふり、キャウン、キャウンと高い声で鳴いた。明らかに喜んでいた。正義も、犬たちも。

ぽかんとする二人の前で、二匹に猛然と顔を舐められつつ、正義は喋った。

「こいつらはジローとサブローっていって、俺とリチャードがスリランカで暮らしてた時からのパートナーなんだ。長い付き合いになる。海外から動物を持ち込む時には、検疫っていう虫や病気の検査をしないといけなくて、それが長引いてたんだけど……今日シャウルさんにお願いして二匹を迎えに行ってもらったんだ」

「じゃあ、これから僕、犬と一緒に暮らせるんですか！」

みのるが思わず口に出すと、正義は振り向いた。二匹の犬も、ぴっと耳を立ててみのるを見た。あ、とみのるは言い淀み、謝った。

「すみません……そうじゃないですよね。すみません……」

「みのるくん、もしかして、家に犬が二匹来ても大丈夫？　犬が飲み込みそうなものは、絶対に床に置きっぱなしにできないし、料理をあげることもＮＧだし、何よりちょっと、吠えたりすることもあるかもしれないけど……」

みのるは慌てた。犬は好きだった。山手本通りには大きな犬を散歩させている、暮らし向きのよさそうな人たちもちょくちょくいて、みのるはその犬を眺め、あれは柴、あれはラブラドール、あれはボルゾイと、犬種を思い浮かべるのが好きだった。犬というのは暮らしが安定している人だけが仲良くなれる、種族の違う友達のようなもので、一生自分には縁のないものだとみのるは思っていた。だから時々、誰かに撫(な)でさせてもらうような機会があると、手のひらに毛並みの感触を刻みつけるように撫でさするのが好きだったのだが。

みのるはおずおずと歩み出て、手を伸ばした。

「……撫でてもいいですか?」

「もちろんだよ。二匹とも喜ぶと思う。でもおじいちゃん犬だからそっとね」

「はい!」

しゃがんだ正義の隣にみのるが立つと、ジローとサブローは最初はおずおずと、徐々に大胆(だいたん)にみのるの手に顔をすり寄せた。もともと人懐こい犬のようで、みのるがどれほど撫でても嫌がる素振りは見せず、それどころかもっとしてくださいもっとしてくださいとねだるように尻尾を振った。みのるは泣きそうになった。

「リチャードにも連絡しないとな。ジローとサブローは、近くに二匹用のレジデンスを準備して、みのるくんの迷惑にならないように面倒を見るつもりでいたんだけど、これなら問題解決だ」

「犬は一人にしないほうがいいんですよ。俺のいとこんちでも犬を飼ってるんですけど、あいつら寂しくなると遠吠えするって言ってました。あ、犬に『二人』って、単位おかしいっすね」

「あははは。種族は違っても人生の相棒みたいなやつらだから、そういう風に思ってもらえるほうが、何だか俺には自然だし、嬉しいな」

「中田さん！　俺も撫でていいですかっ？　えっと、どっちがジローで、どっちがサブローですか？」

「首輪が青いほうがジローで、緑のほうがサブロー」

二人はひとしきり、二匹の犬と親交を深め、その後何事もなかったように、正義に正門まで送り届けられた。

大騒ぎをしてしまったことへのお咎めも、何もなかった。

「……犬、可愛かったな」

「うん……」

空は暮れかけていたが、そのままはいさようならという空気でもなかったので、二人は山手本通りの端にある、微妙な踊り場のような林の中の公園に向かった。百年くらい前に焼け落ちたという昔のドイツ大使館跡の土台が残っているが、それだけしかないので、観光客がわざわざ足を止めて眺めていることは少ない。案の定今日も誰もいなかった。

「なんか、わけわかんない日だったな」

「ほんとだね」

　みのるが笑うと、良太はほっと溜め息をつき、その後わざとらしくへこんだ様子でうなだれた。どうしたの？　とみのるが問うと、良太は苦笑した。

「今日は俺、へこんだわー……もっとうまくやれると思ってたのに」

「何を？」

「お前をあっちこっち連れて行って楽しませてやる作戦。全然ダメだった」

「そういえばあれ、何だったの？　高級ブティックとか、レストランとか」

「真鈴に相談したんだよ。真鈴の案」

　落ち込んでいる時、どこに連れて行ってもらえたら嬉しいか？　と。

　良太はこっそり、自分の友達が落ち込んでいるようなのだがと、みのるのこととは告げずに真鈴に相談したそうだった。みのるは呆れた。良太が真鈴に相談している時点で誰のことなのかはバレているも同然である。

　それでも真鈴は、特に何も言わずに相談に乗ってくれたそうだった。

　そして提案されたのが、中学生男子には敷居の高すぎる数々の店だったという。

「しくじったなー。真鈴ってめちゃめちゃ趣味が大人っぽいじゃん。不思議と俺らとつるんでるけど、趣味まで同じってわけじゃないし。もっとお前に近い感じの男子に相談すりゃよかった」

「良太、何でそんなこと……？」

「あ？　だってお前落ち込んでたじゃん？　元気になってくれたら嬉しいから。それが外人と、違う、中田さんのボスと追いかけっこだもんなあ。本当に変な日だった」

「変な日だったけど、すごく楽しかったよ。元気も……ちょっと出た気がする」

「ほんとに？　お前も変わってんなー」

とは言いつつ、良太も笑みを浮かべていた。

ありがとうと言えないまま、みのるは良太と別れた。良太にわざわざそんなことを言ったら、月曜日に学校でどんな顔をすればいいのかわからなくなりそうだった。

それでも何割かは、良太にその気持ちが伝わっている自信があった。

良太の姿が見えなくなるまで見送ったあと、みのるはマンションに戻った。正義はまだ帰宅していなかったが、みのるのスマホにはメッセージが入っていて、午後六時には帰宅するという。

みのるは正義のためにグラタンを作ることにした。ハンバーグならばノーミスで作り上げる自信があったが、グラタンはまだ正義と一緒に作ったことしかない。それでも今日は挑みたかった。

バターを混ぜ合わせた小麦粉を鍋で熱し、こげつかないように混ぜて、ホワイトソースのもとをつくる。その間に別の鍋で野菜や肉を炒めておく。あっという間に時刻は六時になり、ただいまーという正義の声がした。

「みのるくん、ただいま。あっ、炒めた玉ねぎのにおいがする」

「グラタンを作ってます」

「すごいなあ！　忙しいのにありがとう」

みのるは笑ってしまいそうになった。忙しいのは正義のほうだった。仕事もあって、弁当づくりや送り迎えなど、みのるの面倒も見てくれていて。

みのるの母の入院にまつわる雑事も引き受けていた。

正義に当たり散らしてしまわなくて本当によかったと、みのるはソースと野菜を盛りつけたグラタン皿にチーズを散らし、内心溜め息をついた。もし本当にそんなことをしていたら、最初の三十秒くらいはすっきりしたかもしれないが、そのあと三週間くらいは自己嫌悪で死にたくなりそうだった。

みのるのグラタンは無事に焼き上がり、正義の作ったフルーツサラダと一緒に平和な夕食の風景を彩った。その後、正義は誰かに長い電話をしていた。仕事にしては嬉しそうで、声のトーンも弾んでいて、何より時々漏れ聞こえる相手の声はリチャードにそっくりだったが、言語は英語だった。

ひょっとして自分に聞かせたくない話でもあるのかと、みのるが歯を磨いて洗面所から戻ると、正義は電話を終わらせていた。

そして何故か満面の笑みでみのるを見た。

「みのるくん、来週の日曜日って空いてる？」

「え？」

できれば良太くんと、志岐さんもと。

どうしてですかとみのるが問い返すと、正義はいそいそと玄関口に戻っていったので、みのるも追いかけた。正義は仕事鞄を探っていた。いつも使っている薄型の書類ケースではなく、魔法の道具が出てきそうなボストンバッグである。

「ちょっと面白いことをしようと思ってさ！」

そして正義は、鞄から何かを取り出した。

白い、目のない、顔のようなもの。

明かりに照らされた部屋で、みのるは顔の正体がはっきりとわかった。

「ヴェネツィアのガラス工芸には長い歴史があり、諸説はございますが、始まりは十三世紀ごろにヴェネツィアで生じた大火事まで遡るという言い伝えがあります」

　ヴェネツィアとは海の都である。リチャードの話では、十三世紀ごろにはまだ、独立した『ヴェネツィア共和国』という国だった。そこで大火事があって大変な面積が燃えたのである。その後人々は反省し、何がいけなかったのかを考えた。

　さまざまな仮説が出たが、その中には『木製の照明器具に蠟燭を差して使っていたのが悪かった』というものもあったそうだった。

「これは逸話でございますが、ヴェネツィアにおいて『シャンデリア』という照明器具がガラスで造られ始めたことに、大火は無関係ではないと言われています」

　そんなわけでヴェネツィアはガラス細工大国になったそうだった。そこで暮らしていた職人たちは、文化資産の流出を恐れる国家によって管理され、貴族との結婚を許されたものの、勝手に国を抜け出すことは許されなかった。門外不出の特殊技能を持つガラスのプロフェッショナル集団が結成され、世界が羨み憧れる『ヴェネツィアン・グラス』が誕生した。

「ヴェネツィア共和国は十八世紀、ナポレオンの侵攻によって滅亡します。その後プロフエッショナル集団たちは散り散りになりますが、オーストリアに立ち上げられた家族経営のヴェネツィアン・グラス工房によって蘇り始めます。彼らの会社は未だに存続し、全世界にヴェネツィアン・グラスの文化を広め続けていますよ」

リチャードはいつものように立て板に水で、しかし穏やかな声で楽しい話を聞かせてくれていた。だが今日のみのるには、話の半分くらいしか耳に入らなかった。

神立屋敷の広間のど真ん中に、巨大な照明器具が吊るされてゆく。全高は二メートルほど。ゆるんとカーブする太い『腕』が十二本。その上で更にゆるんとカーブしている細い『腕』が八本。真ん中の支柱と『腕』は、いずれも透明なガラスと赤いガラスがツートンになった現代的な色使いだったが、そこに不透明な白い花のガラス飾りや、本物のような色合いで作られた林檎やぶどうの飾りがくっついている。

シャンデリアと呼ばれる、伝統的な照明器具だった。

「オーライ、オーライ……もうちょっとだけ引っ張ってもらえますか」

広間の床から天井までの高さは、二階まで吹き抜けになっているため五メートル以上あったが、そのてっぺんから吊り下げられたシャンデリアの終わりの部分は、ジャンプをすれば簡単に手が届きそうだった。吊り下げのためにやってきた職人に指示を出している正義なら、ジャンプしなくても頭がぶつかりそうな位置である。正義が『腕』と呼ぶ、真ん中の支柱のガラスから突き出た部分には、先端に蠟燭を差し込む窪(くぼ)みがあったが、さすがに火事が怖いとのことで、蠟燭そっくりの飾り物の電飾がはめこまれていた。

初めて全体を目にした時、みのるにはシャンデリアがガラスの噴水のように見えた。ジェットコースターのコースのように緩く傾斜し、最後にくるんと跳ね上がった『腕』が、水の流れに似ているのである。あまりにもゴージャスすぎて、綺麗(きれい)というより凄(すさ)まじかった。

正義の指示に従ってチェーンでシャンデリアを吊り上げているのは、横浜にあるシャンデリア店の二人の男性スタッフだった。特別にリチャードが頼んだので手伝ってくれているらしい。素人(しろうと)が扱えるものではないからと。

「これ、明らかにオーダーメイドですね。イタリアでもこんなのは見たことがありません」

「今更ですけど、本当に吊るすんですか。アンティークですよ。怖いなあ」

「本当にこの家で使えるのかどうか試したいんです。もうちょっとだけ上げてください」

おっかなびっくりの作業は長くかかり、つけまーす、という合図で点灯されるまでには一時間もかかった。

バチンという音と共に、シャンデリアのフェイクキャンドルに明かりが入った。

炎に模されたガラスの内側で、オレンジ色のフィラメントが揺らめく。

赤いシャンデリアは、巨大な炎のように輝いていた。

「これは……すごいな。フェリーニの世界みたいだ」

「フェリーニ？」

シャンデリア店の店員の言葉を、リチャードがにっこりと引き取った。

「イタリア映画が隆盛を誇っていたと言われる二十世紀半ばに活躍した、映画監督の名前です。セットを用いた大規模な撮影と、独創的な世界観に定評がありました」

「お詳しいですねえ！　自分は初期作品が好きなんですが」

「私も『道』には思い入れがございます」

「話が通じるなあ！」

シャンデリア店のスタッフはリチャードとしばらく楽しそうに話し込み、支払いが済むと何度もお辞儀をして屋敷を出て行こうとした。

だが最後に、みのるに小さい声で囁いた。

「君はまだ小さいからわからないかもしれないけど、あのシャンデリアは、僕が一生かけても稼げないお金くらいの価値があるよ。古ければ十九世紀、新しくても二十世紀初頭の作品で、今じゃ手に入れようと思ってもどこにも売っていないからね」

くれぐれも、悪戯なんかしないように、とみのるに笑って、シャンデリア店のスタッフは去っていった。入れ代わりに正義がやってくる。

「みのるくん、おつかれ。今何時？」

「えっと……十一時十分です」

「職人さんに早く来てもらえてよかった。準備の時間がたくさん取れる。じゃあリチャード」

「心得ていますよ」

それからみのるとリチャードは、家の掃除に取り掛かり、正義はきれいに手を洗って厨房に入っていった。適材適所ですねと言うリチャードがどこか悔しそうな顔をしていたのがみのるは不思議だったが、理由は教えてもらえなかった。みのるは何となくクリスマスを想像した。今まで自分が経験したクリスマスではなく、時々テレビで流れているような、子ども向けのアニメ番組に出てくるようなクリスマスである。

家を掃除して、キラキラ光る飾りつけをして、食べ物を準備して。

大切な友達を招く。

「こんちはー。赤木でーす。みのるくんいますかー」

「いるに決まってるでしょ。こんにちは、志岐真鈴です。お邪魔いたします」

約束通りの午後四時に、良太と真鈴は神立屋敷にやってきた。正門を通って正面玄関までやってきた二人を、キッチンから出てきた正義が出迎える。

「いらっしゃい！　改めて、神立屋敷へようこそ。二人とも初めてじゃないよね」

「俺は三回目です。真鈴は二回目かな。あーこの紙袋、母ちゃんが持ってけって言ったんで、ニシンのパイが入ってます。どうぞ。こういう時にはニシンのパイを持っていくものよって、よくわかんないけど拘ってて。でもこえーんですよ。ニシンがマジでいっぱい縦に突き刺さってんの。何でこんなもん作ったかな」

「馬鹿じゃないの。仮にも自分が持ってきた手みやげを貶すのは礼儀知らずよ」

「人に馬鹿って言うのもどうなんだよ！　そもそもお前は何か持ってきたわけ？」

「中田さん、本日は素晴らしい会にお招きありがとうございます。つまらないものですが、ノンアルコールのシャンパンを持ってきました。ほんのり桃の味がするそうです。みんなで飲めたらいいなって」

真鈴はぺこりと一礼し、良太もつられて屈伸運動のように頭を下げた。

みのるはおずおずと、最後にはもうどうにでもなれの境地で、正義の隣へ歩み出ていった。途端に良太と真鈴は目を丸くした。

「うわ、うわー！　お前みのるか！　すっげ、何それ！」

「ちょっと君、何それ！　どこから出してきたの？」

みのるは赤面しつつ、はたと気づいた。

今、自分が赤面しようが、青くなろうが、二人には見えないのだと。

正義に背中を押され、みのるはおずおずとお辞儀をし、ようこそとぼそぼそ喋った。だが二人のどちらもそんなことは気にせず、みのるの頭や肘を撫でていた。

正確にはみのるの着用しているものを。

正義は笑ってみのるの体を抱き寄せ、二人の好奇心の手つきから守ると、子ども向けのテレビ番組に出てくる人のように、にっこり笑った。

「それじゃあ二人とも、どうぞこちらへ。楽しい仮面舞踏会にしようね」

仮面舞踏会。それがこの日曜日に、神立屋敷で催されるパーティの名前だった。

白い猫の仮面に、同じく白のゆるいローブという歴史的装束をまとったみのるは、正義と共に二人のゲストを屋敷の奥に案内した。

「わははは！　俺は海賊だ！　船長の帽子もあるし剣もある！　横浜港は俺の縄張り、相模湾は俺の海だぜ。そこにいるヒヤシンス姫、金目のものを全部出せ！　そうすれば山手港からクルーズに連れて行ってあげるよ」

「しょぼ。仮にもプリンセスを誘うならもうちょっとおしゃれな場所にしなさいよ。そもそも最近のプリンセスは格闘技くらい普通に習ってるものよ。ボコボコにされる覚悟があるならかかってきなさい、海賊さん」

真っ赤な海賊コートにドクロマークのついた海賊帽子、カトラスと呼ばれる張りぼての剣を腰に突き刺した良太は、ぼさぼさの顎ひげをつけていた。一方の真鈴は『ヒヤシンス姫』の装束をもう一度借り受け、今度はより優雅に髪をスタイリングしている。白銀色の冠も花房の耳飾りも、まるで真鈴を姫君にするために作られたかのようにぴったりだった。

そして二人とも、顔の上半分を覆う仮面をつけていた。

目の部分がぽっかり空いた真っ白な面は、オペラ座に跋扈する怪人がつけているような、ヴェネツィアのカーニバルで着用されるような、あの無機質な仮面であった。

ヨーロッパ風のカナッペや、海鮮のカクテルなどが並んだテーブルにも、幾つもの仮面が飾りつけとして並んでいた。赤や緑に塗られた仮面もあれば、トランプの意匠やルネサンス風天使など、さまざまな図が描かれた面もある。

みのると良太が屋敷の二階屋根裏で発見したのは、無数の仮面と仮装のセット、およびバラバラに解体された深紅のシャンデリアだった。暗闇の中でまとめて目に入ってきた時には、異形の怪物にしか見えなかったが、実際はパーティグッズだったのである。

「しっかし、面白いこと考えるよな。何で仮面をかぶって騒ぐわけ？　メンバーが多かったら人違いとか起こりそうで怖くね？」

「実のところ、それがこの舞踏会の醍醐味でもありました」

「うわっ」

いつの間にか背後に立っていた存在に、良太は飛びすさり、真鈴は目を見開いた。男はくすりと笑い、言葉を続けた。

仮面舞踏会とは、日本の観光業界でこそヴェネツィアのカーニバルの代名詞のように言われているものの、ヨーロッパでは古い時代から楽しまれた、ある意味での『無礼講』の催しであった。

通常の自分とは異なる自分を、楽しんで演じ、誰もがいつもの自分とは異なる自分のありかたを楽しむ。建前的な部分もありつつ、身分の高い者も、低い者も、自分の存在を隠しつつ楽しむことができる場所。それが仮面舞踏会だったのだと。

「……さすがリチャードさん」

「お誉めにあずかり光栄ですが、今の私は一介のヴェネツィア紳士です」

一礼するリチャードは、上から下までヨーロッパの歴史的衣装だった。孔雀の羽根飾りのついた黒い帽子に黒い肩掛け、たくさんの金色のくるみボタンのついたコバルトブルーのジャケット、白いネッカチーフにシャツ。黒いパンツに、ぴかぴかに輝くこげ茶色の編み上げブーツ。

そのまま外を歩いていたら、コスプレ以前にタイムスリップしてきた歴史的人物を疑われそうな、恐ろしいほどのマッチだった。はー、と良太は溜め息をついた。

「やっぱ、すごいっすね。ガチですげー……」

「『ガチ』は年上の人に使う言葉じゃないわよ。リチャードさん、とてもお似合いです。それもこのお屋敷で見つかった服なんですか？」

「はい。多少つまんでサイズを詰めてはいますが、八割はそのまま使わせていただいております」

リチャードが一礼すると、金色の獅子の刺繍（ししゅう）がきらきらと光を反射して光った。はあーと良太は嘆息した。

「いつだかわかんねーけど、昔もここで、リチャードさんの着てる服を使って遊んでた人がいたってことかあ……それもう日本じゃないだろ」

「かもしれません。いわばこの屋敷が、仮面舞踏会の概念そのもののような場所だったのかもしれませんね。周囲の世界から浮き上がった特別な場所、という意味で。私の家でも時々仮面舞踏会があったという歴史的記録が残っていますが、日本でこのような家に出会うのは初めてです」

「『私の家』？」

「リチャードさんの家って？」

なんでもありません、とリチャードは失言をごまかし立ち去ろうとした。良太は再び食べ放題のテーブルに向かったが、真鈴は追いかけた。

「あの」

そして声をかけた。リチャードが振り向く。

「はい。何でしょう」

「…………ちょっと向こうでお話しできませんか」

飾りつけのカーテンが吊り下げられた壁際まで歩いていったヒヤシンス姫は、ヴェネツィア貴族に声を潜めて尋ねた。

「あの、リチャードさんは、中田さんの上司なんですよね」

「形式上はそのようになっておりますね。それほど垂直的な関係とは思いませんが」

「親しい友達みたいな上司と部下ってことですか」

「そのように申し上げることもできるかと」

「じゃあ、それを見込んでお尋ねしたいことがあります」

「私にお答えできることなら」

真鈴は頷いたが、言葉が続かなかった。聞きたいことはあるが、うまく言葉にならない。あるいは言葉にしたが最後、何かが確実に動き出してしまうことを恐れるように。

それでも真鈴は、最終的には口を開いた。

「中田さんって、お付き合いしてる人はいるんですか？」

ヴェネツィア紳士の風体のリチャードは、静かに真鈴の言葉を受け止め、問い返した。

「それは彼に『好きな人』がいるかどうか、という意味でしょうか？」

「え？　えーと……微妙に違うかもしれないです。交際してる人がいるかどうかが、知りたいです。もし好きな人がいるとしても、それだったら私も……頑張れるかもしれないし」

「左様でございますか」

数秒、黙って考えたあと、再びリチャードは口を開いた。ほのかな微笑みを浮かべながら。

「いいえ。私の知る限り、彼にそのような相手はいないかと」

聞くが早いか、真鈴はパアッと表情を輝かせた。

「そうなんだ……！　じゃない、そうなんですね。ありがとうございます」

ヒヤシンス姫はアルバイトを始めたばかりの高校生のように激しくお辞儀をした。何度もした。途中で冠と耳飾りが外れそうになったので慌てて、リチャードの協力を得て、ずり落ちるのを防いだ。

「すみません……」

「お気になさらず」

「……本当に、ありがとうございます」

真鈴が感謝しているのは、衣装を直してくれたことではなかった。リチャードもそれを受け止め、穏やかに頷いた。

「私の知る限りの情報ですので、厳密な正確性は保証できかねますが」

「そんなのいいんです。えっと、もちろんそれにも感謝してるんですけど、一番はそうじゃなくて」

笑わないでくれたから、と。

真鈴が告げると、リチャードは少し眉根を寄せた。真鈴は呟いた。

「こんな質問したら、私が考えてることなんてばればれだと思うし、それを大人がどういう風に思うのかもわかってます。馬鹿だなって思われますよね。だって私、中学生だし。中田さんは……何歳だか知りませんけど」

「二十八かと」

「あはは。倍以上違うんだ。はは……」

真鈴は乾いた声で笑った。だが少しの間だけだった。

しゃらんと音を立てて、真鈴は冠から垂れる水晶のチェーンをはらいのけた。

「でも、一番の問題はそこじゃないですよね。年齢差を抜きにしたって、中田さん、天才だし。私は頭がいいわけでもないし、顔だって……まあ悪くはないですけど、外国の人の『綺麗』の基準に慣れてるなら、普通かもだし。ありえない夢を追いかけてるなって自分でも思います」

「真鈴さま」

「でもリチャードさんはそういうこと気にしないで……馬鹿にしないでくれたから」

ありがとうございますと、真鈴は深々と頭を下げた。

リチャードは真鈴が顔を上げるのを待ち、微笑み、そっとヒヤシンス姫のドレスの裾をつまんだ。

「え?」

「左右の手で少しずつ裾をつまんでみてくださいませ。そう。そのくらいです。そのまま右足を前に、左足を後ろに……腰をかがめて。そう。頭を下げるのではなく、上半身の角度はあまり変えずに」

リチャードに促されるまま、真鈴はゆっくり腰をかがめ、足の位置を変えた。ダンスを申し込まれた貴婦人のような、優雅なお辞儀だった。

リチャードも胸に手を当てて前傾姿勢を取り、紳士的な礼をした。

「今のって……？」

「カーテシーと申します。身分の高い女性のお辞儀と思っていただければよいかと、姫君。直立不動の日本式も大変真摯ではございますが、カーテシーも姫君にはよくお似合いになりますよ」

「……私、今は借り物のプリンセスですけど、脚は馬ですよ」

「面白いジョークです、姫君」

リチャードは微笑みをしまいこみ、青い瞳に真摯な光を浮かべた。

「およそ人が人を愛しく想う気持ちに理屈はありません。年の差も国境も関係がない。それを馬鹿にするものは、過去や未来の自分自身を指さし笑う愚か者です」

真鈴は絶句していた。

出過ぎたことを申し上げました、とリチャードが告げると、真鈴は首を激しく横に振った。

そして決然と、宣言した。

「……私、今後一切、誰からどんな恋愛の相談をされても、その人を笑いません。絶対に。このドレスとパリュールに誓います」

「素晴らしい心がけです」

と、歴史的衣装の内側からスマホを取り出したリチャードは、失礼と一礼して真鈴と距離を取った。仕事の連絡が入ったんだなと判断した真鈴は、覚えたてのカーテシーをして引き下がろうとし、思い出したように声をあげた。

「あの」

携帯端末の画面に視線を落としていた男は、再び真鈴を見た。

真鈴は問いかけた。

「リチャードさんにも、好きな人はいますか？」

五百年前に存在した貴族の装束の男は、麗（うるわ）しく帽子をとって胸に当て、腰をかがめた。

「あの、正義さん……」

「みのるくん！　おつかれさま。それ、すごく似合ってるよ」

みのるは赤面して顔を伏せたが、そもそも顔など見えないことを思い出した。そして慌てて仮面を取り、二度照れた。真正面から直視する正義は、照れくさくなるくらい格好よかった。もちろんいつも正義は格好よかったが、今日は格別だった。

一歩間違えると全身タイツのようなタイトな上下は、赤黒緑の三色模様で、大きなダイヤ柄になっていた。首には大きな白い襟巻、頭には二股にわかれた黒い帽子、顔の上半分を覆う仮面は黒一色。

今まで一度も見たことのないタイプの衣装を、正義は「アルルカンって言うんだよ」と教えてくれた。道化師の姿なのだと。一度も聞いたことのない単語だったが、耳馴染みのいい、愉しくなるような響きだった。

「正義さん、今日は何だか、いつもより背が高いですね」

「このブーツ、ちょっとヒールが入ってるからなあ。サイズは少し大きいんだけど」

「……本当に、昔にも、この服を着た人、いたんでしょうか」

「いたと思うよ。仕立て直した跡があるし、食べ物の染みもちょっとだけある。少なくとも二回以上、誰かが着たんじゃないかな」

ほらここ、と正義は身を伏せて、ダイヤ模様の胸の部分を指さした。みのるには全く何の染みも見えなかったが、日々美しい細工物を目にしている正義にはそれとわかる汚れであるらしい。

昔の人も、正義と同じくらい格好よくて、このど派手というにもビビッドすぎる服を着こなしていたのだろうかと、みのるはぼんやり考え、多分そうではなかったのだろうなと考え直した。

みのるの着ている、スモッグのようなぶかぶかの白のジャケットと白のサルエルパンツにしろ、白い猫の仮面にしろ。

そもそも誰かに自分の姿かたちのよさをアピールするための服ではない気がした。

「これ……楽しいですね」

「ほんと？　よかった……！」

仮面を外した正義は、てらいのない笑顔で笑った。そしてくるんと踵で一回転したあと、おどけた道化師のポーズを取ってみせた。みのるが笑って手を叩くと、正義はもっと嬉しそうな顔をした。

「勝手なことを言うけど、俺はみのるくんが笑ってくれるとすごく嬉しい」

勝手なこと、と。

正義が言った理由が、みのるにはわかる気がした。お母さんのことを言っているのだった。みのるが笑う気持ちになれないことなど正義は百も承知で、良太や真鈴を招いた仮面舞踏会を企画してくれたのだった。とんでもない規模と衣装とシャンデリアつきのパーティにみのるは目が回りそうになり、目が回っている間はつらいことや悲しいことを考えずに済んだ。それはパーティの力であり、正義とリチャードの力でもあった。

きっと昔、この屋敷で仮面舞踏会を開いた人たちにも、何かしらつらいことがあったのかもしれないとみのるは想像した。大人になるとつらいことばっかりよというお母さんの口ぐせを思い出すなら、子どもより大人のほうがつらいことは多いはずで、子どもの自分のつらさを考えれば、つらいことが一つもない人などなかなかいない気がした。

それでも誰もが、豪華な仮面舞踏会で気晴らしができるわけではない。

みのるは改めて、正義と、そして正義を先導するようにパーティの準備を整えてくれたリチャードをありがたく思った。

そしてふと。

気づいた。

「……みのるくん、どうしたの？」

みのるはいつも、正義のことをありがたく思っていた。なにくれと世話を焼いてくれることもありがたかったし、体育祭のお弁当も夢のようにおいしかった。

だがそのことに、真正面からしっかりと、感謝したことはなかった。

明日も明後日（あさって）も一緒に暮らしてゆく人にそんなことを言うのは照れくさくて、ありがとうございますと言うだけで精一杯だった。それでも頑張っているつもりではいた。

でも、とみのるは考え直した。

自分が正義の立場であったら、もっとちゃんと、お礼を言ってほしいかもしれないと。

相手に本当に、自分の気持ちが伝わっているのか心配になるから。

「…………」

みのるは自分が覚悟を決めなければならないとわかっていた。わかっていることをわかっていないふりをするのは、ただの子どもっぽい甘えである。少なくとも正義であればそんなことはしない気がした。

それでもやはり恥ずかしいものは恥ずかしい。

みのるはさっと、猫の耳のついた仮面をかぶり直した。

「みのるくん……？」

そして怪訝な顔をする正義に、小股で三歩近づき、絞り出すような声で告げた。

「ぼっ……僕は、猫です。猫の妖怪です」

「あっ」

「霧江みのるでは、ないです。でも、あの、彼の知り合いではあります」

「そうなんだ」

正義は真剣に頷いてくれた。みのるがそう言うならそうなのだろうと、いつものように真剣な顔で頷いてくれた。

それでみのるは、最後の気持ちが固まった。

みのるはもう二歩、小股で正義に近づき。

ぎゅっと抱き着いた。

「いっ……………いつも……霧江みのるくんに、とてもよくしてくださって、ありがとうございます。みのるくんはとても……感謝しています。中田正義さんがいてくれて、よかったなあと、心から思っています。でも……あんまり頭がよくなくてごめんなさい……」

正義は何も言わなかった。

ただそっと、みのるの頭に手を置き、くしゃっと撫でた。

そして何故か距離を取り、ポーズも取った。右側に首と体を傾斜させ、両腕を広げ、右足の踵を床につける。顔には黒い仮面をつけていた。

「えっ」

「こんにちは、猫の妖怪くん！　わたしはアルルカン。コロンビーヌとパンタローネが友達さ。私も中田正義くんではないけれど、彼の知り合いではある」

「そ、そうなんですね」

「中田くんへの素直な気持ちを教えてくれてありがとう！　彼にしっかり伝えておくよ」

それはそれとして、と『アルルカン』こと中田正義は小首を傾げた。芝居がかった仕草でうんうんと頷き、みのるの顔を覗き込む。皺の描かれた黒い仮面の奥には、はっきりと中田正義の瞳が見えた。

「もっとわがままを言ってほしい」

「え」

「こんなことを言うほうがわがままだと彼もわかってはいるようなのだが、『みのるくんがもっとわがままを言ってくれたらいいのになあ』と、中田くんは言っていた。『もっと甘えてもらえたらいいのになあ』と」

「な、何でですか？」

「みのるくんがいろんなことを我慢しているのが伝わってくるからさ。猫の妖怪くんが知っているかどうかはわからないのだが、実はみのるくんのお母さんの一時退院が延期になってね。みのるくんはきっとすごくがっかりしていただろうに、中田くんには一度もそういうことを言わなかった。みのるくんはまだ中学生なんだよ。でもいろんなことをいっぱい我慢して、他の人の迷惑にならないように、自分を抑えて頑張っているんだ」

「…………」

「中田くんはそれをどうにかしたいと思っているんだってさ。ははは。身勝手な話だろう。人が何を我慢して何を告白するかなんて、その人自身が決めることで、他人にとやかく言われるようなことじゃないのにね」

「……それは、そうですけど……」

「だからこれは、みのるくんには話半分に伝えておいておくれよ。ああつまり、百パーセント真剣に受け取るなってこと。これは中田正義のわがままだからね」

「甘えてほしいって、思うことが、わがままなんですか」

「そうだよ。そういうのはまるで、片思いをしている相手に『俺のことを好きになって』って迫るようなものだ。そんなことは他人の領域を侵犯しているんだ」

みのるには片思いはよくわからなかったが、概念としてはもちろん知っていた。中学生にもなれば恋愛沙汰の一つや二つ目撃しているものである。好きになった相手が、必ずしも自分のことを愛し返してくれるとは限らない。

それでも、正義がみのるに甘えてほしいと願うことは、そのレベルの『わがまま』とはまるで違う気がした。

みのるは首を横に振り、『アルルカン』に意思表示した。そんなことはない、ときちんと伝えたかった。だがアルルカンは、ちょっと困ったような吐息を漏らし、笑いながら今度は左側に首と体を傾げた。

「言っただろう、これは中田正義のわがままだと。もっと言うなら、『わがままになってほしいとは思うけれど、無理にわがままになってほしいとまでは思わない』というのが彼の望みだ。わかりにくいねえ」

「ど、どういうことですか……？」

「つまりね、『好きにやってほしい』ということさ。みのるくんが好きなように、伸び伸び生きていってほしい。何かをしちゃいけないって、自分で自分を抑えつけてほしくないんだ。怒りたい時には怒って、泣きたい時には泣いてほしい。何をしても、どんな時でも、傍にいてほしい時には傍にいるから。遠くに行ってほしい時には、もちろん遠くに行くけど、呼ばれたらちゃんと戻ってくる」

みのるは何も言えなかった。アルルカンはもう半分以上中田正義になっていた。猫の仮面を外し、みのるはぎゅっとアルルカンの脚に抱き着いた。中田正義はみのるの腰に手を置き、ぬいぐるみを担ぐように抱き上げ、胸に抱きしめた。重そうなそぶりなど毛ほども見せなかった。

もしかして、お父さんに抱きしめられた時にはこんな気持ちがするのだろうかと思いながら、みのるは派手なダイヤ柄の衣装の胸で、少しの間だけ目を閉じた。

と。

ジャーン、という金属のぐわぐわ撓む音が広間に響いた。これもまた、何故か屋敷に存在した銅鑼という楽器である。鳴らしたのはチョコレート色の肌の紳士だった。

「お客さまのおなり。ちなみに私は南洋の悪魔の退治者、ヴィジャヤと申します」

アナウンスをしたのはシャウルだった。『香港シティ九龍魔城の主』と『アルプスの少女ハイジの親友クララ姫』も、それぞれ派手な仮装をした人間である。あっとみのるは声をあげた。

「ヒロシさん！」

「仮面舞踏会を一言でぶち壊さないでくれますか。普通に考えるとマンションの主です。俺は魔都香港から来たモンスターマンションの大家ですけど、まあ細かいことは考えないで魔王か何かだと思っておいてください」

「すみません……」

今日のヒロシは、ヨーロッパテイストな屋敷からは浮くような、大陸趣味の服をまとっていた。中華街のみやげもの屋の軒先に似たようなブラウスとパンツが吊られていたのをみのるは覚えていたが、仕立てがまるで違う。銀色の糸で刺繍された巨大な龍が、縦横無尽に艶（つや）消しの黒いガウンとパンツに体を広げ、尻尾は黒い帽子のてっぺんから突き出す房飾りになっていた。

　これも神立屋敷にあったものだと言われ、みのるは溜め息をついた。かつてこの屋敷にどれほどの数の人々が暮らしていたとしても、仮面の数も仮装衣装の数も、明らかにそれをオーバーしている。

　たくさんの客人を招いた記憶が、まるで古い写真のように、屋敷にそのまま残っていた。

　おほんという咳（せき）払いでみのるは我に返り、九龍魔城の主の連れを見た。

　ドリルのような金髪のかつらに、動くたびにしゅるりと衣擦れの音を立てる空色のシルクのドレス、七色に光るもののガラスのように透き通った透明な石のジュエリー、羽根飾りのついた空色のハイヒール、ついでに量販店で時々見かける『本日の主役』というタスキ。真っ白な仮面。

「……こっちの人は……？」

「こんにちは、私はクララよ。立ってるだけで偉いって褒めてもらえるお姫さまなんでしょ？　アニメで観（み）たことない？　よろしく」

　額から喉（のど）元までを覆うタイプの仮面ゆえ、『クララ姫』の表情すらうかがうことができないながらも、みのるはあれと思った。聞き覚えのある声のような気がした。

「手をとって、形だけでもキスしてあげてください。そうするとこの人喜ぶんで」

「言い方に気をつけなさい、香港のマンションの管理人さん。マリアンに送る写真を変顔に加工するわよ」

「ベーカリーで！　荷物を持たせた人！」

あっと思った時には、みのるは目を見開いていた。稲妻(いなづま)のように記憶が蘇った。

「えっ……？」

「何ですか、お嬢。野良のお手伝いを雇ったんですか」

「ベーカリーで荷物……ちょっと待ってね、思い出せそうだから。いつの話……？」

「ヒロシさんと林くんと図書館で読書感想文を書いた時の……」

八月のいついつです、とヒロシがすかさず補足をいれると、『クララ姫』は俯(うつむ)いて考えこみ、最後にはああと叫んだ。

「そういえばあの時はパンを買いすぎて、通りすがりの誰かに持ってもらったような記憶があるわ。もう、何でそんなことを忘れちゃうのかしら。恩知らずって日本語を最近覚えたところだけど、まさに今の私のためにあるような言葉ね。ほんと草」

「お嬢、こういう時に『草』は不適当かもですよ」

「わかってるけどでも口ぐせになっちゃったの！」

どうやら『クララ姫』とヒロシはとても仲が良いようだった。

みのるが『ヴィジャヤ』ことシャウル氏に挨拶をしていると、中田正義がやってきて、さっとクララ姫の手にキスをした。

「ようこそマスカレードに。『クララ姫』、お久しぶりです」

「こんにちは、アルルカンさん。リチャード先生とは相変わらず仲良くやってる？」

「ええまあ。今日のあいつはヴェネツィアの大貴族ですけど」

「本物とそんなに変わらなくないですか？」

「まあまあ、ヴィンスさん」

「お言葉ですがアルルカンさん、今日の俺は九龍の……」

リチャード『先生』という呼び方に多少の不思議を感じつつ、みのるは世間話は正義に任せ、会場の中にリチャードを探した。

青い服のヨーロッパの貴族衣装を身に着けたリチャードは、一番離れた壁にもたれて、みのると正義を見守っていた。

「ごきげんよう！　あらあなた、もしかしてカンヌの社交界でお会いした？」

「えっ誰？」

「クララ姫よ。見ればわかるでしょ。あれって国民的アニメだそうじゃない」

日本語で声をかけられた真鈴は、金髪の少女にぎょっとしたものの、胆力でカーテシーをした。リチャードに習ったばかりの優雅なお辞儀だったが、少女はたじろぎもせず、まるで同じ礼を、簡単なフリを完コピするくらいの自然さで返してきた。

「ごきげんよう、クララ姫。いいえ、私たちがお会いしたのは、えーと、パリですわ。エッフェル塔ですわ」

「エッフェル塔……？　ちょっと待ってね、記憶があやふやで……思い出したわ。春夏のオートクチュールのショーね。そうそう、飛び級でエディンバラ大学に進学された方がいたわ。あなたね？　その黒髪のかつら、とってもお似合い！」

「えっ？　えー…………そうですわ！　思い出していただけて嬉しい！」

「あれからどう？　山羊の角に生えるカビに関する論文は終わりまして？」

「や、山羊の角？　ちょっと待って、そこまで設定されてもついていけない」

「設定って何？　あなたってF男爵の三番目の、日本語に堪能なお嬢さんでしょ？」

「だから設定が細かすぎてわからないってば！」

困惑する『ヒヤシンス姫』と『クララ姫』は、同時に動きを止めた。

音楽が始まったのである。

階段の上に置かれた、巨大なラッパのような頭を持つ蓄音機から、クラシック音楽が流れていた。真鈴が眉間に皺を寄せると、『クララ姫』が解説した。

「ヴィヴァルディね。『四季』の『春』。踊らないの」

「踊るの？　この格好で？」

「逆に聞くけど……この格好で他に何をするの？」

そう言われればそうだと真鈴は頷き、両腕を胸に引き寄せ握り拳にした。

「よっしゃ！　中田さんと踊るチャンス！」

え？　と『クララ姫』は驚いた声をあげた。真鈴が見返すと、姫君は問い返した。

「あなたもしかして、中田正義が好きなの？　あんなに先生と仲良くやってるのに？」

「……『先生』？」

真鈴は少し考え込んだあと、はっとした。岡山県に理科の教師がいたことを。そして彼女には既に、『確認済み』であることも。

「ううん、その件は解決済み。私ちゃんと確認した。付き合ってなかったって言ってたもの」

「でもこれから付き合うかもしれないじゃない」

「どっちみち今はフリーってことでしょ。割り込む隙があるかも。勝てない相手じゃないと思うし」

「すごいわ。私だったら『勝てない相手じゃない』なんて言えない。でも、そうね。恋ってそういうものだものね。相手が誰だって関係ないか」

「ありがと！　ところで」

この衣装で、裾を踏まずに踊るには一体どうしたらいいのかと、真鈴はおずおずと、堂に入ったドレスの着こなしをする姫君に尋ねかけた。

音楽が始まった時、みのるは良太と話し込んでいた。ずらりと並んだきらめくおかずの中で、どれが一番おいしいのかランキングを作ろうと良太が言い出したのだった。出前のピザを除けば全て正義の手作りだとわかっていたので、ランキング作りに気乗りしなかったみのるは音楽に感謝した。

「良太、行こう」

「あ？　行って何やるの？　ゲーム？」

「よくわからないけど行こうよ」

そしてみのるは、広間の真ん中で手を繋いでいる真鈴と、謎の青いドレスの女性に問いかけた。二人は足を右に出したり左に出したりしながら、手を繋いで回っている。

「何やってるの?」

「ダンスよ。仮面舞踏会なのに踊らなくてどうするの」

「ええー。俺海賊ごっこのほうがいいんだけど」

「あら、いいじゃない、イギリスでは海賊と紳士の間にそんなに区別がないし。ちゃんと踊れないと海賊失格よ」

とうとうと言い返してくる女性に、みのると良太は真鈴に解説を求めた。

「真鈴、この人誰?」

「え? 君たちも知らないの? えーっと、私もさっき会ったばかりで……」

「私は『クララ姫』よ! 見ればわかるでしょ。立っているだけで偉いお姫さまよ」

「そのソシャゲ知らねー……」

ともかく二人は真鈴と『クララ姫』に誘われ、ステップの練習をした。小学校で習った『マイムマイム』に似ていて、一対一で踊るのではなく、みんなでちょっとだけ手を繋いで左右に動く踊りである。少しずつステップを理解し始めた頃、中国趣味の服を着た男が走り込んできた。

「どうも。俺もまざっていいですか、お嬢。じゃなくてクララ姫」

「いいわよ。でもあなたは端っこね。ヒヤシンス姫、こちら私の忠実なおともの」

「あっ俺わかった！　ヒロシ！　ヒロシだよな！　みのるに教えてもらったから知ってるんだ。カンフーシューズの人だろ」

「『ヒロシ』……？　ちょっと、あなたまた名前を増やしたの？」

「話すと長いんですよ。さっさと踊りましょう」

五人は真鈴、クララ姫、みのる、良太、ヒロシの順で手を繫ぎ、右や左にふらふらと踊った。教師は『クララ姫』である。速くも遅くもなく、時々少しだけ複雑になるステップは、踊り始めるとそれなりに楽しかった。

「俺もまぜてくれないかな！」

やってきた正義に、真鈴は息を吞んで手を伸ばしたが、その前に正義はヒロシと手を繫いだ。極限まで嫌そうな顔をしたヒロシに、みのるは笑ってしまいそうになった。二人はとても仲のいい友達であるようだった。

「ヒヤシンス姫、お手をよろしいですか。お気を確かに」

「………………大丈夫です。落ち込んでません」

真鈴の横にはヴェネツィアの貴族の格好をしたリチャードがやってきて、その隣には紳士的な魔人の仮装をした正義とリチャードのボス、シャウル氏がやってきた。

正義は笑って、シャウル氏と手を繋いだ。

小さな円になった一同は、右回転、左回転と、音楽に合わせてステップを踏んだ。みのるは目の前に広がる景色が信じられなかった。きらきら光る仮装をした人々。おいしいごちそう。真っ赤なシャンデリア。

落ち込んでいたら心配してくれる友達。面倒を見てくれる、頼れる大人。

みのるはその時、仮面を外したままだったことに気づいたが、もう一つ大きなことにも気づいた。

宝石。

誰かの大切にしたいという想いゆえに、宝ものの石という名前を与えられたもの。

何も本当の『宝石』には限らない、自分で自分につけるタイトルのようなもの。

みのるにとってそれは、今自分の周りにいる人々だった。彼らと共有する時間そのものだった。もし今この瞬間、この大広間を写真に撮って保存しておけるのなら、それがみのるの宝石になりそうだった。カメラがほしい、と思ったところで、みのるは考えなおした。真鈴が言っていたように、写真はどこまでいっても写真で本物とはまるで違う。

「みのる！　何か俺、昔の人の気持ちわかったかも！　すげー楽しい！」

みのるの隣で良太がはしゃいだ。仮面をつけていないまま、みのるは大きな笑顔を返した。

「僕も！　すごく楽しい！」


たぶん今、自分は宝石の中にいる、とみのるは思った。

ガラスのシャンデリアの中にうつりこんでいるミニチュアの人々のように。

みのるの心の中でずっと輝く、宝石のような時間の中に、今自分はいるのだと。

何だかそれは嬉しいような泣きたいような恥ずかしいような、どこか切ない時間だった。

そう思うと、わざわざ笑おうと思わなくても、自然と笑顔がこぼれた。

エピローグ

やれやれ、と俺はため息をついた。

子どもたち全員を家に送り届け、ヴィンスさんとオクタヴィアさん、シャウルさんも撤収したあと、俺とリチャードは後始末のために神立屋敷に戻った。もちろん既に服は着替えている。今の俺、中田正義は『アルルカン』ではなく、『一般的な日本人成人男性』的なワイシャツとチノパン姿だ。

広間の真ん中で振り返ると、リチャードが窓辺に立っていた。カーテンから吊っていたガラスの飾りを、全て外し終わったらしい。

「おつかれ」

「あなたこそ」

「俺は楽しんでた。あ、それはそっちも同じか」

「言うまでもありませんよ」

スラックスとワイシャツ姿のリチャードは、俺が近づいてゆくと、軽く拳を近づけてきた。グーとグーをうちあわせ、おつかれさまの挨拶をする。俺は笑った。

「しかし、クレアモント家ってすごいよな……お前の家の図書室を見せてもらった時、何回も仮面舞踏会をした記録があっただろ。今日一日でも大仕事だったのに、下働きの人がたくさんいたとしても、これを定期的にやってたのかと思うと……」

「当時はひいきの仕立て屋への支援のような意味合いもあったと聞いています。何せどこかしらの仕立て屋が、参加者全員分の豪華な衣装を仕立てることになるのです。さぞかし多額の金銭が動いたことでしょう」

俺が肩をすくめると、リチャードはさわやかな顔で笑った。別に今までの表情が暗かったとか美しくなかったとかいうわけでは全く、これっぽっちも、微塵ほどもないのだが、それでもグラデーションというものがある。

「……気疲れしたよな。ありがとう」

「まるで私があなたに付き合っているかのような言い草です」

「間違ってないだろ。こういう催しをしようって企画したのも俺だし。お前も乗り気になってはくれたけど、やっぱりお前の仕事が忙しかったのは変わらないし」

「舞踏会に招いていただけなかったら、十三番目の魔女ならぬ魔法使いになっていたところです」

「そんなことになったら、責任をもって俺がマンツーマンでご接待するよ」

苦笑いすると、リチャードも笑ってくれた。リチャードの笑顔を見ると俺はほっとする。この十年ほどで刷り込まれてしまったことなのだろうが、やはり世界で一番美しい人間のてらいのない笑顔は、いいものだ。とてもいいものだ。リチャードは口を開いた。

「よくお似合いでしたよ、アルルカンさん」

「お前ほどじゃないよ、ベニスの商人さん」

「ではお腹の肉を一ポンドほど頂戴しましょうか」

「シェイクスピアのネタか。でも血は一滴もやらないからな」

「最近は脂肪吸引という技術がございます」

「ははは！　それは普通にホラーだろ」

俺は笑いながら、ざっと広間を見渡した。汚れた食器や飾りつけは片付けたが、テーブルの位置はそのままだしシャンデリアも飾られている。夜中にガタガタやるには危険な価格帯のものが多いので、本格的な片付けは明日だ。そろそろ俺たちもマンションに撤収できる。

だがその前に、どうしても伝えておきたいことがあった。

「リチャード、ありがとう」

「……何に対して？」

「お前がいてくれること」

リチャードが黙り込んでいるうちに、正義は言葉を続けた。

「みのるくんと一緒に過ごすようになって気づいたよ。大人ってさ、いつの間にかなってるなんて言われるけどそうじゃないんだな。誰か守る人ができると、否応なく大人になるんだ。防波堤がなきゃいけないと思う時には防波堤になるし、応援団が必要な時には応援団になる。自分がそうしてほしかったと思う相手になれるのは……本当に嬉しいし、楽しいよ。想像もしなかったくらい幸せだと思うこともある。でも」

やっぱ疲れるな、と。

苦笑しつつ漏らした言葉は本音だった。もちろんみのるくんのいる場所でこんなことを言うつもりはない。気を遣いすぎるほど遣ってくれる彼の前でこんなことを言ったら、どれほど傷つけることになるか考えたくもない。だがそれでも、俺も疲れないわけではないのだ。

「ありがとう。お前は俺が何も知らない大学生だった頃から、俺を見守ってくれてるだろ。防波堤になってくれたこともあるし、今も応援団でいてくれる。時々甘えられる相手がいるのって、本当に助けになる」

「意外です。最近あなたに甘えられた記憶はないのですが」

「そうでもないよ。たとえば今とか」

「それは単なる経過報告、あるいは感謝では？」

「……じゃあお言葉に甘えて、もっと甘えちゃおうかな」

「応じるにやぶさかではありません」

芝居がかった仕草に俺は楽しくなった。まるでまだ二人でキャンディか、あるいはパリで暮らしているような気分になる。

「そういえば、おととい二階の物置スペースで、面白いものを見つけたんだよな。ビンテージの蓄音機とレコード。誰のどんな盤だか想像できるか？」

「さて、かつて日本ではカラヤンのレコードが一世を風靡したと聞きますが」

「カルロス・ガルデルとピアソラがいっぱいだった」

つまりある種のダンスミュージックである。お誘いを兼ねて俺が両手を広げた時。

ガタン、と。

誰かが屋敷の壁に体当たりをしたような音がした。明らかな異音だ。風の音でもない。俺とリチャードは同時に、中庭に面した壁の方角を見ていた。

「…………」

俺は無言で手を下ろし、衣紋掛けの後ろで見えないようにしていた、暖炉の火かき棒を手に取った。重量は十分だ。少なくとも身を護ることくらいは十分にできる。俺は再び、中庭に面した壁に向き直った。こういう時に顔色を変えない術くらいは、既に俺も体得している。

「正義」

「ちょっと見てくる」

「やめなさい」

「見てくるだけだから。お前はそこで待っててくれ。万が一の時には通報よろしく」

「正義」

「変なことはしないよ。ハクビシンかもしれないし。とにかく確認する」

「やめなさい！」

制止を振りきり、俺は中庭に続くフランス窓を開けた。四カ所もロックがあるので、やっぱり開けずに閉じこもっていたほうがよかったかとも思ったが、この庭にいつみのるくんがやってくるともわからない。不審者の一掃も保護者の大事な役目だ。

サンダル履き(ばき)で夜の庭に踏み出した俺は、背後からリチャードもついてきたことに気づいた。

「お前は来るな」

「あなたが行くのに私が行かないというのは理屈に合わない」

「うわっ、久しぶりにその喋(しゃべ)り方聞いたな。わかったよ、じゃあ一緒に」

俺たちは同時に、懐(ふところ)から携帯端末を取り出し、息を合わせてライトをつけた。

俺は低く呻いた。

人だ。人がいる。

壁際に体を寄せて座り込む、上背のある影。

「通報を」

「待ってくれ」

毛布にくるまった人影は、長い髪の持ち主だった。そして金色のバングルをしていた。足はヒールばきで、爪の色はオレンジ色のグラデーション。

「……ハーイ、イギー、リッキー。お元気？　いきなりで申し訳ないんだけど、しばらく逗留できる場所を紹介してくれない？」

夜の横浜の神立屋敷の、正面玄関に近い壁にもたれて震えているのは、俺にもリチャードにも見覚えのある人間——ヨアキム・ベリマンだった。ジェフリー・クレアモントのパートナーの、キムさんに他ならない。

一体どうしてここに？

参考文献

『少年弁護士セオの事件簿1　なぞの目撃者』（2011）ジョン・グリシャム（岩崎書店）
『CHANDELIERS』Elizabeth Hilliard, 2001, Octopus Publishing Group Limeted
『子どもと一緒に覚えたい　貝殻の名前』（マイルスタッフ（インプレス））

集英社オレンジ文庫をお買い上げいただき、ありがとうございます。
ご意見・ご感想をお待ちしております。

● あて先
〒101-8050　東京都千代田区一ツ橋2-5-10
集英社オレンジ文庫編集部 気付
辻村七子先生

宝石商リチャード氏の謎鑑定
ガラスの仮面舞踏会(マスカレード)

集英社
オレンジ文庫

2023年10月24日　第1刷発行

著　者　辻村七子
発行者　今井孝昭
発行所　株式会社集英社
〒101-8050東京都千代田区一ツ橋2-5-10
電話【編集部】03-3230-6352
【読者係】03-3230-6080
【販売部】03-3230-6393（書店専用）
印刷所　図書印刷株式会社

ISBN 978-4-08-680522-3 C0193